sankt irgendwas

tamara Bach

Sankt Irgendwas

CARLSEN

»Hast du was gehört von der b?«
»Wieso gehört? Was ist denn passiert, ist was passiert?«
»Auf der Klassenfahrt.«
»Ich hab gehört, dass die jetzt alle verwarnt sind.«
»Wie, verwarnt?«
»Eine ganze Klasse?«
»Ja! Heute Abend ist Klassenkonferenz. Oder Elternkonferenz. Nur mit der b. Und eben der Schulleitung und was weiß ich wem.«
»Quatsch!«
»Doch, echt jetzt! Die ganze Klasse!«
»Was wollen die denn machen, eine ganze Klasse von der Schule schmeißen? Oder alle sitzen bleiben lassen? Das geht doch gar nicht, oder?«
»Weiß ich doch nicht! Ich hab jedenfalls gehört, dass alle Eltern von der b heute geladen sind. Alle! Und dass dann noch mal über alles gesprochen wird, was passiert ist.«
»Ey, die hättest du sehen sollen, wie die da vor der Schule gestanden haben.«
»Du hast die gesehen?«
»Ja, bin abends vorbei, mit dem Rad, da sind die gerade angekommen. Und alle Eltern da. Solche Fressen haben die gezogen. Wollte eigentlich noch halten und Hallo sagen, aber da war vielleicht eine Stimmung, also bin ich weitergefahren.«

»Wo waren die denn überhaupt?«
»Kroatien.«
»Nee, Italien!«
»Nee, in … irgendwas mit Ruinen. Der Utz ist doch Geschichtslehrer.«
»Am Meer waren die, hab ich gedacht. Waren die nicht am Meer? Mittelmeer oder so?«
»Ist doch egal.«
»Wieso, wir waren nicht am Meer!«
»Ihr müsst jetzt aber auch nicht von der Schule fliegen. Oder die Zehnte noch mal machen.«
»Das geht doch gar nicht, eine ganze Klasse, das kann man doch gar nicht machen! Jetzt mal im Ernst. Man kann doch nicht eine ganze Klasse von der Schule schmeißen.«
»Oder waren die in Spanien? Kann das sein? Spanien?«
»Gibt's in Spanien auch Ruinen?«
»Oder waren die in Frankreich? Ich weiß, dass die in irgend so ein Kaff gefahren sind. Irgendwas Heiliges. Sankt Irgendwas, oder Santa Weißnichwer.«
»Was ist denn eigentlich passiert?«
»Ich hab gehört, die haben was in die Luft gejagt. Am Flughafen.«
»Wie jetzt? Alle haben was in die Luft gesprengt? Wie soll das denn gehen, wer hat das denn erzählt?«
»Na, müssen ja alle gewesen sein, wenn die ganze Klasse geladen wird.«
»Das ist bestimmt wegen Josch.«
»Wer ist denn Josch?«
»Ich dachte, der ist schon geflogen? Ist der nicht geflogen?«
»Nee, der ist nur sitzen geblieben.«

»Also ich hab gehört, der ist schon vorher geflogen.«
»Der Utz hat Josch einfach nur auf dem Kieker.«
»Wer war denn noch dabei? Nur der Utz?«
»Nee, die eine Deutschlehrerin, die wir mal in Vertretung hatten. Die mit den Haaren.«
»Aha. Die mit den Haaren.«
»Die mit den sehr roten Haaren.«
»Ah, die! Die ist nett. Die mag ich.«
»Du kennst die doch gar nicht!«
»Ich kenn die wohl, ich hab mal bei der ein Projekt in der Projektwoche gehabt. Die war echt nett.«
»Ich glaub, die waren in Kroatien.«
»Ist doch jetzt egal! Ich hab gehört, dass Josch schuld ist. Und die an der neuen Schule, wo er nach den Sommerferien hinsollte, wollen ihn nach der Geschichte jetzt auch nicht.«
»Ey, jetzt mal echt, wenn die wirklich was in die Luft gesprengt hätten, dann säßen die doch jetzt alle im Knast. Mindestens. Wegen Terror und so. Vor allem an Flughäfen. Das kann also gar nicht sein.«
»Das war doch gar nicht am Flughafen.«
»Wo denn sonst?«
»Wieso denn Flughafen, die sind doch mit dem Bus gefahren, was haben die denn am Flughafen gemacht.«
»Die sind doch alle minderjährig!«
»Du kannst auch minderjährig im Knast landen!«
»Weißte, am Schluss kommt raus, dass eigentlich nur irgendwer eine Zigarette in einen Mülleimer geworfen hat und der ein bisschen vor sich hin geraucht hat.«
»Stille Post.«
»Eben.«

»War denn die Polizei da, als die hier angekommen sind?«
»Nein, nur die Eltern. Reicht aber schon. Echt, die Gesichter! Nichts mit Willkommen daheim. Da war eine Stimmung! Deswegen bin ich ja auch weitergefahren.«
»Die haben alle Hausarrest.«
»Gibt's doch gar nicht. Es können doch nicht ALLE Arrest haben.«
»Ich kenn eine aus der b, die ist ganz harmlos, die macht jeden Tag Hausaufgaben und geht babysitten und hat eine Kindergruppe in der Kirche und so, die hat garantiert nichts gemacht.«
»Was kennst du denn für Leute?«
»Die wohnt bei mir in der Straße.«
»Wer is'n das?«
»Sofia. Die macht nie was, echt nicht. Ich glaub, die ist noch nie in ihrem Leben auf einer Party gewesen.«
»Stille Wasser sind tief.«
»Und dreckig.«
»Aber wenn da was Schlimmes, also wirklich Schlimmes passiert wäre, dann wären die doch vorher zurückgefahren! Dann wird doch die Fahrt abgebrochen! Oder diejenigen, die verantwortlich sind, werden nach Hause geschickt oder so.«
»Und was, wenn's erst am letzten Tag passiert ist?«
»Das war bestimmt was mit Drogen.«
»Klar, die ganze Klasse hat Drogen genommen! Erst gekauft, dann genommen, dann weiterverkauft. Alle zusammen.«
»Die b hat ja eh schon so 'nen schlechten Ruf.«
»Ich find die ganz gut.«
»Sofia?«
»Die b.«

»Die ganze Klasse?«
»Ja! Bei denen ist wenigstens immer was los. Als der Reli-Müller die blöden Sprüche gemacht hat, haben die als einzige Klasse gestreikt. Alle, ohne Ausnahme! Sind alle aus dem Unterricht bei dem raus, haben einen Brief geschrieben, an den Reli-Müller, an die Schulleitung und an die Elternvertreter. Und dann haben die 'nen Sitzstreik gemacht.«
»Ja, aber hat ja eh nix gebracht. Der ist doch immer noch an der Schule.«
»Meine Mutter hat gesagt, dass das total schwer ist, Lehrer zu kündigen, wenn die verbeamtet sind. Außer die sind echt kriminell.«
»Oder grapschen Mädchen an.«
»Oder Jungs.«
»Das ist ja wohl beides kriminell.«
»Oder sie sind Nazis.«
»Dann wäre mein Mathelehrer aber schon längst geflogen. Der ist so ein Fascho, alle, die nicht weiß und blond sind, fallen bei dem durch. Mädchen sowieso.«
»Nazi und Sexist, wow.«
»Ja, der ist aber vorsichtig. Der passt auf, was er genau sagt. Aber der ist so einer. So einer, der strammsteht, der immer gerne von der Heimat redet. Und Vaterland und so.«
»Igitt.«
»Und der Reli-Müller ist auch noch da. Obwohl die gestreikt haben. Hat also gar nichts gebracht.«
»Aber die haben den jetzt immerhin nicht mehr.«
»Herzlichen Glückwunsch. Dafür fliegen die jetzt eh alle von der Schule.«

»Das können die doch gar nicht machen! Das geht doch gar nicht.«

»Vielleicht waren die alle betrunken.«

»Ach was, alle betrunken. Dafür schmeißt man doch niemanden von der Schule! Wer hat das denn überhaupt behauptet?«

»Bei uns war komplettes Alkohol- und Rauchverbot. Ohne Augenzudrücken. Keine Toleranz. Und uns haben die auch gesagt, sobald die bei irgendwem Alkohol finden, fährt die ganze Klasse heim.«

»Wegen einem?«

»Ja, isso!«

»Und habt ihr Alkohol getrunken?«

»'türlich!«

»Wieso eigentlich Flughafen?«

»Was meinsten du?«

»Du hast eben gesagt, dass die was am Flughafen in die Luft gejagt hätten.«

»Die ganze Klasse. Klar.«

»Ich hab das so gehört.«

»Von wem denn?«

»Weiß nicht.«

»Quatsch, ICH hab nichts von Flughäfen gehört.«

»Der Utz hat jedenfalls ein blaues Auge.«

»Woher weißt'n du das?«

»Hab ihn gesehen. Auf der Straße.«

»War denn was auf Instagram oder so?«

»Die durften ihre Handys bestimmt auch nicht auf der Fahrt benutzen.«

»Wir auch nicht. Weil das ja eine Schulveranstaltung ist,

und in der Schule sind Handys ja auch verboten. So eine bescheuerte Regel.«

»Bei uns wurden die Handys auch einkassiert. Wir durften einmal unseren Eltern schreiben, dass wir da sind, und das war's. Damit wir nicht die ganze Zeit an den Handys hängen.«

»Jaja.«

»Und was, wenn man sich verläuft?«

»In der Gruppe?«

»Uns haben die Stadtpläne in die Hand gedrückt. So Riesendinger, die man dann nicht mehr zusammengefaltet bekommen hat.«

»Aber die b ist doch seit gestern wieder da, da müsste doch jemand mal sein Handy in die Hand genommen haben inzwischen.«

»Wenn die alle Hausarrest haben, dann haben die bestimmt auch alle Handyverbot.«

»Das geht doch gar nicht! Das kann doch alles gar nicht sein. Wie kann denn eine ganze Klasse Arrest haben?«

»Ist jetzt einfach so.«

»Da muss man doch was machen!«

»Was willst du denn machen? Du weißt ja nicht mal, was passiert ist. Jetzt stell dir mal vor, die haben wirklich was in die Luft gejagt und jemand hat sich dabei verletzt. Oder noch schlimmer.«

»Dann hätte da aber echt die Polizei gestanden.«

»Nee, dann hätten die bestimmt nicht mal ausreisen dürfen. Dann würden die da im Knast sitzen.«

»Wie du das sagst, ›Knast‹.«

»Ich hab heute Karim kurz gesehen. Aber als der gerade

anfangen wollte zu erzählen, kam sein Vater dazwischen und hat ihn weggeschickt.«

»Sag mal, hätten die nicht eigentlich mit einem anderen Lehrer fahren sollen?«

»Ja? Wieso das denn? Der Utz ist doch der Klassenlehrer von der b.«

»Der hatte aber angeblich keine Lust, mit denen auf Klassenfahrt zu gehen. Der macht doch eh kaum noch was. Ich glaube, der wollte nicht mal mehr Klassenlehrer sein.«

»Wie alt ist der denn eigentlich?«

»Woher soll ich das denn wissen?«

»Ich glaub, der braucht nicht mehr lang bis zur Rente. Der sitzt nur noch seine Zeit ab.«

»Der Weigelt sollte mit denen eigentlich mitfahren.«

»Und warum ist er nicht?«

»Der hat sich am Anfang vom Schuljahr doch den Fuß so kompliziert gebrochen, der geht doch immer noch an Krücken.«

»Ich find den Utz so scheiße.«

»Warum?«

»Weiß nicht. Der ist so scheiße.«

»Ah. Deswegen. Guter Grund.«

»Wie heißt denn die mit den roten Haaren eigentlich?«

»Kaiser.«

»Die Kaiserin.«

»Wieso seid ihr denn eigentlich in die Heide gefahren?«

»Weil der Schuhmann da seit Jahren in dasselbe Schullandheim fährt, und weil man da so wunderbar wandern kann. Und weil es da keine Kneipen, keine Clubs und nix gibt. Da hat's nicht mal Handyempfang.«

»Und was habt ihr denn dann die ganze Zeit in der Heide gemacht?«
»Wir waren wandern.«
»Und sonst?«
»Nix. Wir waren wandern. Wir sind immer gewandert. Einmal haben wir einen Trimm-dich-Pfad machen müssen. Dann waren wir wieder wandern.«
»Und abends?«
»Abendbrot, Gesellschaftsspiele und Bett.«
»Ach du Scheiße.«
»Mein Beileid.«
»Ich glaub, wir hatten die beste Fahrt.«
»Ihr wart doch in Bonn! Da ist doch nichts!«
»Ja, aber wir waren mit den Schmidts da. Ich glaub, die sind im echten Leben auch Freunde. Die machen nur Quatsch, die ganze Zeit! Und Sprüche kloppen die! Wir haben versucht alles mitzuschreiben, aber das war wie in 'ner Comedyshow, ein Spruch nach dem nächsten.«
»Was macht man denn in Bonn? Wieso Bonn?«
»Da war auch so ein billiges Schullandheim. Und die Schmidts haben da beide studiert. Für die ist das wie Klassentreffen in klein oder so. Und die sind, glaub ich, einfach ganz froh, dass die ohne Familien unterwegs sind. Der Bio-Schmidt hat doch hundert Kinder.«
»Die sind aber ganz niedlich.«
»Hundert Kinder können gar nicht niedlich sein.«
»Was guckst du denn da? Hat irgendwer geschrieben?«
»Ich schau gerade nach, ob es in den letzten Tagen irgendwo in Südeuropa eine Explosion oder einen Brandanschlag gegeben hat.«

»In welcher Sprache suchst du denn?«
»Deutsch. Wieso?«
»Guck mal auf Englisch.«
»Was heißt 'n Brandanschlag auf Englisch?«
»Guckt halt nach Explosion. Oder Bombe.«
»Da ist nichts.«
»Wer hat das denn eigentlich mit der Explosion erzählt?«
»Ich weiß nicht mehr.«
»Das heißt, also niemand hat irgendwas in die Luft gejagt.«
»Keine Ahnung.«
»Ruf du doch mal diese Sofia an.«
»Ich kenn die eigentlich gar nicht!«
»Ich denk, ihr seid Nachbarn!«
»Aber das heißt doch nicht, dass ich die Nummer von der habe. Oder hast du die Nummern von all deinen Nachbarn?«
»Mich macht das kirre, ich will jetzt wissen, was da los ist. Warum meldet sich denn niemand von denen?«
»Bei uns ist gar nichts passiert.«
»Stimmt überhaupt nicht, die eine von euch war doch so blau, dass sie sich vollgekotzt hat. Da hab ich Fotos von gesehen.«
»Nee, das war nicht bei uns. Das war bei denen.«
»Ja, war bei uns.«
»Ihr seid ja wild!«
»Nicht so wild wie die b anscheinend.«
»Ich glaub aber, das ist egal. Also ob die ganze Klasse wild ist oder nicht. Der Utz kann den Josch einfach nicht leiden.«
»Die können sich beide nicht leiden.«
»Ja, aber wer sitzt denn am längeren Hebel? Was machst du

denn, wenn dich ein Lehrer auf dem Kieker hat? Einfach so? Da kannste dich auf den Kopf stellen. Da wirst du keine guten Noten kriegen, da wird dir alles angehängt. Du kannst alles nur falsch machen.«

»Ist dir das schon mal passiert?«

»Nee, meiner Schwester. Aber nicht bei uns, die war am Goethe. Und die hatte da auch so einen Lehrer, den hat sie auch gleich noch in zwei Hauptfächern gehabt. Und dabei war die echt nicht schlecht in der Schule.«

»Deine Schwester ist doch voll schlau!«

»Und voll links.«

»Genau. Und eine Meinung hat sie auch noch. Fand der nicht gut. Dann war sie auch noch Klassensprecherin und hat auch noch in x AGs mitgemacht und in der Schülerzeitung. Und dann hat sie einen Artikel geschrieben, der war halt ein bisschen …«

»Oh, der Skandalartikel!«

»Woher weißt'n du das?«

»Das spricht sich rum.«

»Ja, genau DER Artikel. Und dann war eben auch die Schulleitung nicht so superliberal …«

»Das ist doch voll die konservative Schule, oder?«

»Das Ding war, dass meine Schwester sich nicht einfach entschuldigen wollte. Und dann hat sie noch einen Artikel geschrieben, dann gab es eine Verwarnung, dann hat sie auf ihrem Blog was geschrieben, und dann war's ganz aus.«

»Was denn eigentlich für ein Skandalartikel?«

»Zeig ich dir später.«

»Kannst du alles auch online nachlesen. Das steht da immer noch.«

»Aber was hat denn Josch gemacht?«
»Der hat doch selbst so eine große Klappe.«
»Ich find den nervig.«
»Du findest alle nervig.«
»Josch hat sich über den Unterricht beschwert. Weil der Utz eben nur noch das Nötigste macht. Und weil der Geschichte nur noch sehr grob unterrichtet. Und nur noch so, wie es ihm passt. Und alles frontal.«
»Dann noch ein paar Multiple-Choice-Tests pro Halbjahr, damit er ein paar Noten hat, aber nicht zu viel korrigieren muss …«
»Ich mag Multiple Choice.«
»So siehst du auch aus.«
»Josch hat dann irgendwann mal gefragt, ob man das auch anders machen könnte. Der hat sich sogar angeboten ein Referat zu halten, eine ganze Stunde lang.«
»Fand der Utz aber gar nicht gut.«
»Dabei hat ihm mal jemand die Arbeit abgenommen.«
»Ach, der hat doch auch so ein Ego-Problem.«
»Sag mal, stimmt das eigentlich?«
»Was?«
»Eine von der Humboldt meinte letztens, dass wir die Ausschuss-Schule sind. Dass die ganzen Lehrer, die irgendwo rausgeflogen sind, dass sie bei uns landen.«
»Echt jetzt?«
»Das erklärt einiges.«
»Ach kommt, die Kaiser ist ’ne Gute! Und die Schmidts!«
»Ja, aber jetzt geh doch mal das Kollegium durch, wer sich an Lehrern alles danebenbenimmt.«
»Vielleicht sind wir so was wie der Vorruhestand für Lehrer?«

»Für den Ausschuss?«
»Die Strafbank.«
»Das erklärt echt einiges.«
»Ja, oder?«
»Wenigstens haben wir einen guten Hausmeister.«
»Der ist der Beste.«
»Was ist denn passiert, nachdem Josch das Referat gehalten hat?«
»Der Utz hat ihm eine 4– gegeben. Weil er angeblich inhaltlich so viele Fehler gehabt hat. Und wegen der Ausarbeitung. Weil Josch doch Legastheniker ist.«
»Dafür kannst du aber niemanden bestrafen.«
»Ach, der Utz sieht das nicht ein. Der sagt, dass das keine Legasthenie ist, sondern Faulheit.«
»Damit kommt der durch?«
»Ich glaub langsam echt, dass wir die Restepostenschule sind.«
»Der Utz hat jedenfalls gedacht, dass der Käse damit gegessen ist. Aber dann hat Josch ihm immer wieder in den Unterricht gegrätscht.«
»Warum das denn?«
»Der ist so einer.«
»Wie deine Schwester, was?«
»Ja. Immer Widerworte gegeben. Immer nachgefragt, immer Fehler aufgewiesen. Und dann hat er sich dummerweise noch über den Utz lustig gemacht. Weil der doch einen S-Fehler hat. Der hat sich nur einmal hingestellt und zwei Sätze lang Utz gespielt. Und das ging auch gar nicht um den Sprachfehler, sondern eher darum, wie der Utz dasitzt und referiert, ohne Punkt und Komma. Und in so

einem monotonen Ton. Dass man echt dabei einschläft. Der sitzt da und liest seinen Ordner vor.«

»Den hat der bestimmt damals im Studium mal angelegt.«

»Auf jeden Fall kam der Utz ins Klassenzimmer, als der Josch ihn da nachgemacht hat, und dummerweise hatte der auch noch den stellvertretenden Schulleiter dabei.«

»Und dann ging's richtig los.«

»Ja, aber so richtig.«

»Wann geht denn das los?«

»Was?«

»Die Klassenkonferenz?«

»Um sechs oder so. Mann, ich erreich da niemanden. Drücken mich alle weg oder haben ihr Handy aus.«

»Ich geh auch nicht ran, wenn mich jemand anruft. Schreib doch mal 'ne Nachricht!«

»Hab ich ja!«

»Komm, wir gehen jetzt zum Marktplatz. Da hängen die aus der e immer rum. Ich will jetzt wissen, was da los ist.«

von: dr.utzh@███████████.de
an: 10belternliste
Betr.: Studienfahrt Juli

Sehr geehrte Damen und Herren,

wie auf dem Elternabend schon angesprochen, ist am Ende des Schuljahres für die 10. Klassen des ███ ███████ eine Studienfahrt von einer Woche vorgesehen. Diese wird im Zeitraum vom 10. bis 16. Juli stattfinden, die Teilnahme ist verpflichtend, Abwesenheit kann nur in Ausnahmefällen gestattet werden (Attest).
Die 10b wird in diesem Jahr nach ██████ in █████ reisen. Begleitpersonen sind ich als Klassenleiter und Frau H. Kaiser (Kontakt s. Anhang).
Sie finden im Anhang eine Auflistung der Kosten, die von den Eltern getragen werden. Sollten Sie finanziell nicht in der Lage sein, die Auslagen zu tragen, wenden Sie sich bitte an den Förderverein der Schule (s. Anhang).
Im Anhang finden Sie des Weiteren den Ablauf der Studienfahrt, Kontaktdaten der Aufsichtspersonen, Nummer und Adresse unserer Herberge, eine Packliste für die Schüler (Auslandsversicherung! Personalausweis/Reisepass!) sowie die Teilnahmeerlaubnis, die von einem Erziehungsberechtigten ausgefüllt und unterschrieben bis zum 15. 3. (letzter Schultag vor den Osterferien) bei mir eingereicht werden muss.
Wie schon den Schülern mitgeteilt, besteht auf der

Studienfahrt ein striktes Handy-/Tablet- und Computerverbot, da es sich um eine Schulveranstaltung handelt. Bei Ankunft am Zielort werden die Eltern natürlich von den Aufsichtspersonen telefonisch kontaktiert. Im Anhang finden Sie ein Diagramm der Telefonkette, die ich für diesen Fall konzipiert habe. Die Aufsichtspersonen haben für absolute Notfälle ein Handy dabei.

Sollte Ihr Kind an Allergien leiden und/oder Medikamente benötigen, bitte ich Sie darum, mir dies im Vorfeld mitzuteilen.

Auf der Fahrt besteht außerdem Rauch- und Alkoholverbot, Zuwiderhandlung wird mit sofortigem Heimschicken auf Kosten der Erziehungsberechtigten geahndet.

Alles Weitere sollten die Informationen im Anhang beantworten. Sollten Sie trotzdem noch Fragen haben, können Sie mich unter der oben stehenden E-Mail-Adresse erreichen.

Mit freundlichen Grüßen,

Dr. Utz (Klassenleiter)

Protokoll der Klassenfahrt der 10b

Sonntag, 10. 07.

> 21.00 Uhr Treffen an der Bushaltestelle **VOR** dem Gymnasium
> 21.30 Uhr: Abfahrt
> Protokollant: Adrian

Wir sind pünktlich um 21.30 losgefahren. Ich glaub auch, dass alle dabei sind.
Der Busfahrer hat gesagt, dass wir die Toiletten im Bus nicht benutzen dürfen. Weder für groß noch für klein.
Svenja fragt, ob er wenigstens Musik laufen lassen kann. Er sagt, dass er kein Discjockey ist.
Piet fragt, was ein Discjockey ist.
Keiner hat Musik dabei.
Hat vielleicht doch jemand Musik dabei?
Frau Kaiser fragt, ob denn niemand ein Instrument mitgebracht hat.
Wir stellen fest: Unsere Klasse ist nicht musikalisch.
Der Busfahrer hat ein Radio, hört aber nur Nachrichten.

22.15: Man fragt, ob man eine Pullerpause machen könnte.
Pullerpause ist erst in einer halben Stunde angedacht.

22.25: Pullerpause wird aus basisdemokratischen Gründen vorverlegt.
Nachtrag: Der Busfahrer heißt Herr Keller.
In denselben geht er wohl auch zum Lachen.

22.45: Es geht weiter.
Der Busfahrer sagt durch, dass es die nächste Pause erst wieder in zwei Stunden gibt und man sich wohl besser die Flüssigkeitszunahme einteilen sollte.
Versuche jetzt zu schlafen. Werde aus demselben Grund nicht mehr schreiben.

23.20: Es riecht nach Füßen.
23.25: Denke mit Ole über die Weltherrschaft und unsere Beteiligung daran nach.
23.30: Jamie will mitmachen. Jamie hat gute Ideen.
23.48: Es stellt sich heraus, dass Sarah einen alten MP3-Player dabeihat. Es stellt sich außerdem heraus, dass man diesen auch an die Anlage des Busses anschließen kann.
23.50: Anschließen könnte. Wenn der Busfahrer einen ließe.
Mitternacht: Herr Utz überlegt, ob man den MP3-Player erlauben kann oder muss. Sofia argumentiert, dass MP3-Player ja nicht auf der Liste standen und dass man damit ja auch nicht ins Internet gehen kann. Sofia hat die besseren Argumente. Herr Utz hat mehr Entscheidungskraft, sagt er.
00.12: Der MP3-Player trägt 1 GB Musik!!! Wie viele Lieder sind das? Keiner weiß, wie viele Lieder ein GB sind.
00.15: Es stellt sich heraus, dass basisdemokratisch über den Gebrauch der Musikanlage abgestimmt werden kann.
00.17: Jamie schlägt vor, Sofia am Ende der Weltordnung, wie wir sie kennen, zu beteiligen. Es läuft Musik. Niemand hat mit dem schlechten Geschmack von Sarah gerechnet.
00.20: Merke: Man kann den MP3-Player nicht »vorspulen«,

wie der Busfahrer das gerne hätte. Die dafür vorgesehene Taste ist kaputt.
00.30: Der Busfahrer braucht eine Pullerpause. Zum Rauchen.
00.45: Weiterfahrt.
00.50: Zurück zum Rastplatz. Man hatte Pavel vergessen.
00.51: Wo war Pavel? Was hat er zu erzählen? Was hat er erlebt? Ist er jetzt ein neuer Mensch? Was ist aus dem Pavel geworden, wie wir ihn kannten?
00.52: Pavel war einfach nur auf Toilette.
00.58: Das Licht wird gedimmt. Zweiter Versuch zu schlafen.

02.16: Mein Fuß ist eingeschlafen. Der Rest von mir ist wach. Wir sind über die Grenze. Glaub ich. Wir sind irgendwo. Kann nicht aufstehen, sitze am Fenster und Ole schläft. Ole bildet eine natürliche Grenze.

04.50: Bin wohl wieder eingeschlafen. Es wird hell. Wir sind irgendwo. Wir fahren irgendwo lang. Draußen ist Welt und drinnen wir. Es riecht jetzt nach vielen, alten, ungewaschenen Füßen. Sonne geht auf. Guten Morgen.

05.00: Pullerpause. Kaffee und Backwaren. Meine Klassenkameraden müffeln aus den Mündern. Der Busfahrer geht nie auf Toilette. Der Mann ist ein Kamel.

05.08: Kleine Diskussion mit Jamie über Kamele und Klogänge. Kamele gehen nie aufs Klo, weil es keine Kamelklos gibt.

05.20: Bin wach. Ole schläft auf mir. Anna ärgert sich, dass sie keine Fotos machen kann, weil sie ihr Handy ja nicht dabeihat.

Hat jemand eine Kamera dabei?

05.25: Von den wachen Menschen haben vier Leute eine Kamera dabei. Herr Utz bestätigt, dass Kameras erlaubt sind. Es wird wild fotografiert. Frage mich, ob man wohl auch an ausreichende Speicherkarten gedacht hat.

06.00: Berge.

06.09: Vereinzelt Ziegen.

06.20: Wir sind schlecht in der Zeit. Die Vorräte gehen zur Neige. Die Mannschaft wird mürrisch. Ole ist wach. Man plant eine Meuterei. Man plant, wer bei einer Meuterei als Erstes über die Planke geht. Man fragt sich, ob das so heißt. Man denkt an den »Fluch der Karibik«.

06.50: Berge werden flacher.

07.08: Es wird nach einer weiteren Pullerpause verlangt.

07.10: Eine weitere Pullerpause wird eingeräumt. Die Aufsichtspersonen beantragen, die Pullerpause als solche doch bitte umzubenennen.

07.25: Weiterfahrt. Wieder musste nach Pavel gefahndet werden. Wo war er, was hat er erlebt, wie hat er die Welt verändert? Pavel: a man of mystery.

07.30: Langweilig.

07.32: Sind wir bald da?

07.35: Wir sind immer noch sehr, sehr schlecht in der Zeit.

07.40: Dr. Utz lässt mich wissen, dass ich das Protokoll nur noch bis zum Ankunftsort führen muss. Ich nehme die Information mit einem lachenden und einem weinenden Auge entgegen.

Oh Protokoll, ich schätze die letzten Momente, die uns gemeinsam verbleiben. Was habe ich alles durch dich gelernt! Wie hast du meinen Blick auf meine Umwelt und meine Mitmenschen geschärft! Protokoll: Du warst mir Lehrer und Freund zugleich. Du hast mir Türen geöffnet, Grenzen mit mir überschritten, schlaflose Nächte (Nacht, Sing.) mit mir geteilt. Protokoll: danke.

08.14: Stau.

08.20: Stau.

08.26: Stau.

08.30: Alle Menschen haben sich gleichzeitig entschieden allein in einem Fahrzeug zu fahren, und zwar genau hier, auf dieser einen Straße, um uns den Weg zum Ankunftsziel zu versperren.

Ich deute dies als schlechtes Zeichen für unsere Klassenreise. Ole sagt, ich soll mal nicht unken. Ich sage Ole, er soll mal nicht kröten. Und froschen erst recht nicht.

08.40: Ole überlegt, für den Rest der Reise neben jemand anderem zu sitzen. Ole scherzt nicht. Ole sagt, ich soll das nicht aufschreiben. Echt nicht, sagt Ole. Sonst, ey, sagt er. Du schreibst ja immer noch, sagt Ole.

09.20: Ankunft am Zielort. Es wird durchgezählt. Alle sind da. Das Protokoll wird abgegeben von mir, Adrian, und weitergeführt von …

(spannend, was?)

Montag, 11. 07.

ca. 8.00 Uhr: Ankunft am Zielort
Aufteilung der Zimmer
9.30 Uhr: Frühstück
11.00 Uhr: Abfahrt nach
12.30 Uhr: Besichtigung der Kirche
Referat: Milan / Hannes
14.00–14.30 Uhr: Mittagspause
14.30 Uhr: Begehung der Stadtmauer mit Führung
Referat: Jana / Elisabeth
16.00 Uhr: Besichtigung des Rathauses. Empfang beim Bürgermeister
17.30 Uhr: Abfahrt zur Herberge
19.00 Uhr: Abendessen
20.00 Uhr: Zeit zur freien Verfügung
Protokollantin: Anna

09.30: Eigentlich sollte es jetzt Frühstück geben, aber wir sollen den Bus ausräumen.
09.35: Herr Keller schimpft, weil ihm der Bus zu dreckig ist. Zurück in den Bus, aufräumen.
09.50: Zimmerverteilung
09.52: Doch keine Zimmerverteilung
10.00: Frühstück?
10.03: Sollen erst die Zimmer verteilen, dann Frühstück
10.05: Erst Frühstück, dann Zimmer
10.07: Wir sollen die Koffer aus dem Weg räumen. Wohin?
10.10: Ich hab Hunger und will duschen und mich umziehen. Wenn wir Zimmer hätten, könnten wir die Koffer jetzt da hinstellen. Und ein bisschen duschen.

10.15: Die Zimmer werden verteilt. Es gibt Viererzimmer. Das wird knapp mit duschen. Und frühstücken.
10.20: Die Schlüssel werden gesucht.
10.28: Die Schlüssel wurden gefunden.
10.30: Herr Utz ist unzufrieden mit unserer Aufteilung der Zimmer.
10.35: Herr Utz teilt die Zimmer selbst auf.
10.40: Es gibt keine Bettdecken und keine Kissen!
10.45: Frühstück
11.00: Abfahrt
11.04: Abfahrt
11.20: Abfahrt (Alle vollzählig endlich, weil drei GEDUSCHT HABEN! ICH HÄTTE AUCH GERNE GEDUSCHT!)
11.25: Wundern über Sarahs Musikgeschmack
11.35: Draußen ist alles schön.
11.40: Schon wieder Stau
11.48: Wenn wir jetzt eh hier rumstehen, hätten wir alle in Ruhe duschen können. Manchen hätte das sehr gutgetan. Bei anderen wäre es mehr als nötig.
#hygieneistnichoptional
12.00: Ich weiß nicht, was ich schreiben soll.
12.08: Wir »fahren« weiter.
(Können wir die Kirche nicht einfach ausfallen lassen?)
12.30: Wir sollten jetzt an der Kirche sein und da rumgeführt werden, wir sind aber gerade mal auf der Autobahn. Herr Doktor Utz telefoniert mit dem Kirchenführer. Herr Doktor Utz durfte sein Handy mitnehmen.
13.10: Ankunft
Milan und Hannes halten ihr Referat in der Kirche. Ich kann

sie nicht verstehen, weil sie nicht so laut reden dürfen. Milan erklärt irgendwas mit Malerei in feuchtem Putz, aber den Begriff dafür hab ich nicht verstanden.

Ah, Fresken.

Ich frag die einfach danach, ob wir das Referat reinkleben können.

Ist aber ein gutes Referat. Was ich davon so mitbekommen hab.

Ich brauche Kaffee.

13.40: Der Führungsmann taucht auf und will uns jetzt noch mal die Kirche zeigen.

14.00: Mittagspause fällt aus?

14.08: Ich versteh kein Wort und kann daher auch nichts aufschreiben.

14.20: Wir müssen zur Stadtmauer. Alle haben Hunger. Frau Kaiser verteilt Müsliriegel und Äpfel.

14.30: Ich bin zu schwach, um zuzuhören. Wer was über die Stadtmauer wissen will, kann das bestimmt auch googeln.

WIR GEHEN DIE GANZE STADTMAUER LANG?!?

15.00: Wir gehen die ganze Stadtmauer lang.

15.20: Die Stadtmauer ist sehr lang. Wie lang, kann man googeln, und dabei kann man sich freuen, dass man NICHT die ganze Stadtmauer entlanglaufen muss.

15.40: Der Mauerführer ist fertig. Schlappes Klatschen. Jana und Elisabeth sollen jetzt noch schnell ihr Referat halten.

Das Referat ist angeblich genau dasselbe. Aber kürzer.

Das Referat ist tatsächlich genau dasselbe. Wir hören uns noch einmal alle Informationen über die Mauer an.

Dann zum Bürgermeister

16.00: Rathaus
Der Bürgermeister kommt doch nicht. Dafür ist sein Assistent oder so da und sagt, dass wir sehr willkommen sind.
Es gibt Kekse!
16.20: Was jetzt?
Der Assistent hat zu tun.
Wir bekommen eine Führung, sagt Herr Utz.
Yay. Führung.
16.30: Es kommt jemand.
16.45: Wir laufen durch Räume. Da hängen Bilder. Die Person, die hier rumführt, spricht keine Fremdsprachen.
17.30: Abfahrt
Ich geb das Protokoll jetzt mal weiter. Keine Lust mehr.

Protokollantin: Svenja

Wir stecken wieder im Stau. Herr Utz hält uns einen Vortrag über schlechtes Benehmen und Manieren und dass man im Ausland das eigene Land vertritt.
Weil wir alle Kekse aufgegessen haben.
Und weil es Begrüßungssekt gab und wir den getrunken haben. Ich finde ja, dass das zum Anstand dazugehört, das Angebotene nicht abzuschlagen. Auch wenn es Alkohol war.
Das bisschen Sekt.
Sarahs Playlist ist echt schräg.
Anna und ich zählen Ziegen.

18.45: Ankunft an der Herberge
19.00: ESSEN! ESSEN! ESSEN!
20.00: Ende Protokoll. Freizeit

20.30: Es gibt kein warmes Wasser mehr.

Dienstag, 12. 07.

8.00 Uhr: Frühstück
9.00 Uhr: Abfahrt nach [illegible]
10.30–16.00 Uhr: Wanderung (13.00 Uhr Picknick)
Referat: Paul / Karim / Svenja
16.30 Uhr: Abfahrt zur Herberge
18.00 Uhr: Ankunft
19.00 Uhr: Abendessen
20.30 Uhr: Vortrag im Gemeinschaftssaal
Protokollantin: Eliz *(mit Ergänzungen von Katinka)*

(nacherzählt, weil wir wandern waren, und beim Wandern kann man schlecht mitschreiben)

Um acht Uhr gab es Frühstück und um neun sind wir dann losgefahren. Draußen war es schon ein bisschen dunkelgräulich. Im Bus sind langsam alle wach geworden. Der Kaffee hier schmeckt angeblich nicht, was ich nicht bestätigen kann, weil ich keinen Kaffee trinke. *Der ist echt schlecht. Wie Bahnkaffee. Nur noch schlechter.* Aber dann lief Sarahs Musik. Das war gut. *Ich kann überhaupt nicht verstehen, warum die anderen so blöde Kommentare über Sarahs Musik machen, die hört halt nicht, was alle hören. Ist doch auch mal gut!* Und heute gab es auch gar keinen Stau, da ist sogar Herr Keller fast ein bisschen gut gelaunt gewesen. *»Gut gelaunt«. Was man so gut gelaunt nennen kann.* Er hat sehr viel weniger gemotzt.
Also sind wir so wie geplant angekommen. Es hat ein bisschen genieselt, und wir haben uns schon gefragt, ob wir das Wandern abbrechen, weil Berge bei Gewitter ja gefährlich werden können, aber es hat recht bald wieder aufgehört.

Und wir hatten ja auch alle Regenjacken an. Dann ging es also den Berg hoch, und ich glaube, es lag an Sarahs Musik, dass ein paar einfach angefangen haben alle Lieder zu singen, die ihnen so eingefallen sind. Wirklich alles, von Kindergartenliedern bis 80er und dann noch »Wer hat die Kokosnuss geklaut«. *Das war toll.*

Stimmung natürlich ganz weit oben. *Stimmung war top! Stimmung war gold! Mit Fleißsternchen!* Und da ging das noch mit den Wegen und der Steigung, ich bin ja jetzt nicht die Sportlichste, aber ich hab gedacht, dass das geht. *Das hat der Utz ja auch eigentlich versprochen vor der Fahrt, dass alle Strecken so ausgesucht werden, dass die auch was für Leute wie uns sind.*

Und dann kam irgendwann das erste Referat von Paul, der hat über die Vegetation in den Bergen geredet. *Fand ich gut, dass er auch Blumen und so rumgegeben hat und nicht einfach nur runtergeleiert und immer aufs Handout verwiesen.*

Und dann wollte Karim gleich weitermachen, aber wir sollten erst mal wieder eine Weile wandern. *Alliteration! Ja, aber echt, ich versteh das nicht. Wir hätten doch alle Referate gleich am Anfang hören können, und dann wandern, ich weiß gar nicht, warum das dem Utz so wichtig war. Und Karim und Svenja werden ja auch nicht fitter, je höher man steigt.*

Es ging dann weiter und irgendwann haben wir Rast gemacht und dabei hat Karim dann sein Referat gehalten *während wir anderen alle gegessen haben, der Arme, das hat mir voll leidgetan. Und der hatte auch noch den ganzen Rucksack voll mit Steinen, die er uns gezeigt hat, das war ja Extragewicht, und der hat gar nicht gemeckert. Und hey, ich hab was gelernt! Ich glaub, ich werde Geologin!* Karim hat also sein Referat gehalten über Steinarten und so (das wird bestimmt drangehängt, für die, die es noch mal genauer lesen wollen) und wir haben gegessen und sind dann alle noch mal aufs Klo und dann ging es gleich weiter. Da hat es schon wieder angefangen zu nieseln. Und diesmal hat Herr Utz gesagt, dass wir das nicht abwarten, dass wir gleich weitergehen. *Ich glaub, dass die Kaiserin das gar nicht wollte, weitergehen, mein ich.*

Ich hab das mit dem Nieseln gar nicht gemerkt, ich hab gedacht, dass das eben Bergluft ist, so Dunst, Nebel. Ist bestimmt auch gut für die Haut.

Das Nieseln hat aber nicht aufgehört und ist immer schlimmer geworden, da waren wir aber auch schon ganz schön weit weg von der letzten Raststätte. *Ich weiß nicht, ob Raststätte das richtige Wort ist, das klingt doch wie Tanke und Pommesbude mit Klo an der Autobahn. Rastplatz? Ja, Rastplatz.*

Die Kaiserin hat aber gute Laune gemacht. Weil wir dann angefangen haben sie auszufragen, wie sie denn wirklich heißt zum Beispiel, aber das wollte sie nicht sagen. H. Kaiser. Und dann hat sie uns raten lassen.

Ich schreib jetzt mal auf, wie sie nicht heißt:

Hannah

Hildegard

Heidrun

Helene oder Helena

Heike *(so heißt meine Tante!)*

Herta *BSC, höhö*

Hedwig

Hermine *die Harry-Potter-Fraktion meldet sich zu Wort*

Heidi *deine Welt sind die Berge!*

Helga

Henriette
Hilary
Und irgendwann ist uns nichts mehr eingefallen, und wir wollten endlich ins Netz und googeln, aber da oben auf dem Berg gibt es ja kein Internetcafé.
Es hat also geregnet und uns sind die Namen ausgegangen.
Es kam dann leider kein Rastplatz, aber so ein Unterstand. *Unterstand? Heißt das so?* Was sehr eng war für uns alle.
Und dann verlangt der Utz doch tatsächlich, dass Svenja da ihr Referat hält, weil sie ja jetzt noch dran ist und »wo wir hier doch gerade so untätig rumstehen«. Untätig! Ich find nicht nass werden wollen und sich vorm Gewitter in Acht nehmen ganz schön tätig, ich war jedenfalls beschäftigt. Und Svenja auch. Und die anderen sowieso.
Eigentlich hätten wir zur Seilbahn laufen wollen und dann mit der runterfahren. *Andersrum hätte ich das besser gefunden. Aber das wäre der Weg des geringeren Widerstands, meinte Utz. Das bildet ja keinen Charakter. Der Mann liebt alles, was Hornhaut macht.*
Svenja hat versucht ihr Referat zu halten. *Aber wir haben da ja so dicht an dicht gestanden, das ging gar nicht.*
Irgendwann meinte Herr Utz, dass wir weitergehen sollen. *Weil der Regen angeblich weniger geworden wäre.*
Und dabei hat es gedonnert. Im Freibad darf man auch erst wieder ins Wasser, wenn es seit einer halben Stunde nicht mehr geregnet hat. Wer liest das hier eigentlich?
Wir sind also weiter den Berg hochgelaufen, weil die Bahn auch nur alle Stunde fährt. Es hat weiter geregnet. *Und so wasserdicht waren die meisten Regenjacken dann doch nicht. Meine vor allem nicht.*

Und als wir dann endlich angekommen sind, war die Bahn gerade weg. *War ja klar.*
Zur Überbrückung hat Svenja ihr Referat über die Tierwelt der Berge gehalten. *Und Utz hat gemeckert, weil sie nur so ein paar Schwarz-Weiß-Bilder auf den Handouts dabeihatte, aber das versteh ich auch nicht, was hätte Svenja denn machen sollen? Murmeltiere fangen? Adler schießen?*
Dann kam die Bahn und wir sind endlich runtergefahren. Als wir beim Bus waren, hat es natürlich aufgehört zu regnen. *Natürlich!*
Nur die Stimmung war nicht mehr so gut. Aber wir waren ja auch nass. *Und haben gefroren. Und der blöde Keller hat die Lüftung angemacht, damit die Scheiben nicht beschlagen, und dadurch ist es noch kälter geworden. Der hat doch die ganze Zeit nur unten gesessen, geraucht und war im Trockenen. Ich hab kurz gedacht, dass der von uns noch verlangt, dass wir die Schuhe ausziehen, bevor wir seinen Bus betreten.*
Und natürlich hat sich alles wieder nach hinten verschoben. Wir waren nicht um 18 Uhr zurück, und auch nicht um 19 Uhr, weil da ein Unfall auf der Strecke war. Zurück waren wir erst um halb acht. Essen gab es noch, aber wir waren ja alle nass und kalt. Wir durften uns nur kurz trockene Sachen anziehen und dann aber schnell wieder zum Essen.
Und dann.
Und dann. Ja dann.
Dann wollten alle nur noch ins Bett. Oder erst noch duschen, warm werden und ab ins Bett, ins Warme. Aber da stand ja noch was auf dem Plan. Und was auf dem Plan steht, ist Pflichtprogramm. 20.30, Vortrag im Gemeinschaftssaal. Und zwar von unserem Herbergsvater höchstpersönlich, der sich extra die Zeit

genommen hat, uns etwas über seine Heimat zu erzählen. Mit Diashow.
Und weil aber nicht alle gleich gekommen sind, weil wir eben fertig waren und der Tag eh schon lang genug war, deswegen ist der Utz durch alle Zimmer und hat gesagt, dass wir alle, wenn wir nicht gesammelt unten sind in zehn Minuten, dass morgen die gesamte Klasse Küchendienst hat nach dem Abendessen. Auch wenn nur einer fehlt.
Weil wir ja auch eine Verantwortung als Vertreter unseres Landes hätten, dass wir deswegen unseren Gastgebern gegenüber das allerbeste Benehmen an den Tag legen sollten.
Keine Gefühle verletzen und so. Niemandem auf den Schlips treten. Völkerverständigung fängt auch innerhalb von Europa an.
Ich finde das ja auch eigentlich richtig, aber man hätte das dem Herbergsvater doch bestimmt erklären können, der Utz wollte das aber nicht.
Dann haben Pavel und Josch und Sofia gefehlt.
Den ganzen Vortrag lang (ÜBER EINE STUNDE!!) hat der Utz immer wieder nach hinten geschaut. Die waren halt nicht da.
Mir ist das auch schon passiert, dass ich eingeschlafen bin, weil ich so fertig war, und dann hätte 'ne Bombe neben mir hochgehen können.
Die waren vielleicht unter der Dusche oder haben eben geschlafen oder waren mal kurz draußen, das kann doch passieren.
Aber jetzt müssen wir morgen Abend alle nach dem Essen noch den Abwasch machen und Küche putzen oder so. Mitgefangen, mitgehangen. Ich hab nicht gefangen, ich finde das auch übertrieben. Spatzen auf Kanonen. Nee, falsch rum.
Der will doch nur, dass wir auf die anderen wütend sind und die zur Sau machen. Wegen einschlafen oder so. Ich glaube nicht, dass

die in der Zeit, während wir den Vortrag gehört haben, ein Spa besucht haben.
Ich will jetzt nur noch ins Bett. Ich auch.
Aber jetzt mal im Ernst, wer liest das denn hier? Liest das Herr Utz?

Mittwoch, 13. 07.

8.00 Uhr: Frühstück
9.00 Uhr: Abfahrt nach ███
10.00–12.30 Uhr: Führung durch die Tropfsteinhöhle
Referat: Sofia / Pavel
13.00 Uhr: Mittagessen
14.00 Uhr: Abfahrt nach ███
14.30 Uhr: Naturkundemuseum
Referat: Anna / Otto
17.30 Uhr: Abfahrt zur Herberge
19.00 Uhr: Abendessen
20.00 Uhr: Spieleabend (Frau Kaiser)
Protokollant: Ole

Die Sonne geht hier um kurz nach fünf auf. Wenn die anderen das wüssten, würden die trotzdem liegen bleiben.
Es gibt noch etwas nachzutragen. Herr Doktor Utz ist gestern nach dem Vortrag noch durch die Zimmer und hat Sofia, Pavel und Josch zusammengetrieben. Und den Rest der Klasse dann auch noch irgendwann. Damit wir alle erfahren, wem wir es zu verdanken haben, dass wir heute Abend den Küchendienst übernehmen müssen. Die Lobby hat er zusammengeschrien, ist vor den dreien hin und her marschiert und hat immer wieder von Benimm und Verantwortung und Etikette und Regeln gesprochen. Und »Alle für einen«. Oder eben drei. Die Logik hinkt. Mitgefangen, mitgehangen. Auch so ein falsches Bild. Vielleicht wollte er, dass wir lauter nölen, dass wir die drei fertigmachen, aber das ist nicht passiert. Richtig herausgefordert hat er das. Stand da und sagte zum Rest der Klasse immer wieder: »Und, wie

gefällt euch das, dass ihr wegen euren Kollegen Strafarbeit kriegt?«
Sehr geehrter Herr Doktor Utz. Wir bekommen die Strafarbeit nicht wegen unserer Kollegen, sondern weil Sie es wollen. Auf Teufel komm raus.
Wir haben nichts gesagt, wir wollten nur ins Bett, was die Kaiserin dann auch irgendwann zu ihm sagte, dass es ein langer Tag war und wir uns alle Ruhe verdient hätten.
Es ist erst Mittwoch. Es ist jetzt Viertel vor sechs. Mal sehen, ob sonst noch jemand wach ist und mit mir spazieren geht.

Um die Herberge herum, wenn man ein bisschen den Hang hochläuft, liegen Pinienwälder. So was hab ich noch nie gerochen.
Hatte eine sehr aufschlussreiche Unterhaltung mit Pavel, aber das gehört nicht hierher.
In einer halben Stunde gibt es Frühstück, vielleicht kann man jetzt noch warm duschen.

Es gab keine Erdbeermarmelade, darüber hat sich Adrian beim Frühstück beschwert, aber leise, was nicht normal ist für Adrian. Er hat immer wieder zu Utz geschaut, und der hat die Augen gar nicht wegbekommen von der Tür zum Speisesaal. Weil Josch gefehlt hat. Pavel war da, Sofia kam etwas später (mit nassen Haaren, aber das ist ja Sofia, der hätte er gestern eigentlich auch verziehen. Ist das nicht so, Herr Doktor Utz? Wäre es nur Sofia gewesen, die gefehlt hätte, dann hätten Sie nicht so einen Aufstand gemacht).
Josch kam kurz vor Ende des Frühstücks, hat sich einen Kaffee genommen und ist wieder raus. Und Herr Utz ihm

hinterher. Wieder gebrüllt, dass alle es hören konnten, dann ist aber die Kaiserin raus, und was die zu Utz gesagt hat, konnte man drinnen nicht verstehen.
Um neun sind wir dann losgefahren. Pünktlich, weil es noch eine Ansprache zum Frühstück gab, dass der Bus auf niemanden wartet.
Habe mit Adrian überlegt, ob wir einfach zu spät kommen und dann den Tag hierbleiben müssen. So schlimm wäre das auch nicht. Sehr viel entspannter auf jeden Fall. Und irgendwann hätte man auch wieder heißes Wasser zum Duschen.
Aber ich glaube, alle wollten heute mit. Tropfsteinhöhle.
Eigentlich ist das nicht spannend, eigentlich haben so was alle schon mal gesehen, ich in der Siebten, glaub ich, und einmal in der Grundschule am Wandertag.
Herr Utz machte im Bus tatsächlich den Witz, wie man unterscheiden kann, was jetzt Stalaktiten und Stalagmiten sind. Und lachte blöde (und alleine), bis irgendwer von hinten »sexistischer Scheißdreck« gesungen hat.
Das weiß Utz nicht. Also dass das unser Ding ist. Das Jingle für dumme Kommentare. Geht auch mit »homophober Scheißdreck« oder »rassistischer Scheißdreck«. Manchmal schaffen wir das, dass mehrere zusammen singen. (Merken: Harmonien einbauen für mehr Effekt?)
Aber Utz kannte das nicht. Und es war diesmal nur eine Person (keine Ahnung wer, würde das auch nicht hier hinschreiben, damit Herr Doktor nicht nachträglich auf blöde Ideen kommt).
Lieber Doktor Utz. Sie haben keinen Humor, vor allem nicht sich selbst gegenüber.
Es gibt Lehrer, die hätten abgewunken, es gibt Lehrer, die

hätten sich entschuldigt, egal ob sie es auch meinen oder nicht, es gibt Lehrer, die schämen sich, wenn ihnen blöde Kommentare rausrutschen. Und es gibt die, die es hassen, wenn sie auf irgendeine Weise zurechtgewiesen werden. Die hassen das so, dass sie zurückhauen. Hauen und Singen sind nicht deckungsgleich.

Und langsam glaube ich auch, dass Herr Doktor Utz das Heft mit dem Protokoll nicht mehr zu sehen kriegt.

Ich schreibe im Bus, es wackelt und Adrian hat sich so vor mich gesetzt, dass der Utz nicht sieht, dass ich schreibe. Herr Utz sitzt vor uns und meckert, und schaut immer wieder nach hinten, zu Josch, der das bestimmt nicht war mit dem Singen, denn Josch kann keinen Ton halten. Aber Josch hat gelacht.
Andere auch. Aber die sieht der Utz nicht die ganze Zeit an, wenn er nach hinten guckt. Ich schau dem Utz dabei zu, wie er Josch anstiert, und ich möchte mich eigentlich dazwischenschmeißen und sagen »Lass den doch in Ruhe. Der hat dir nichts getan. Der sitzt doch nur da. Wie wir alle dasitzen. Und du warst derjenige, der gesagt hat, dass Titten hängen, und der es witzig fand.«
Vielleicht lenken ihn die Tropfsteinhöhlen ja ab.

Heute haben wir Glück, heute kein Stau, keine Maut, kein Hindernis. Wir kommen pünktlich an, und unsere Führerin steht auch schon da und grinst sich eins.
Und sie spricht Deutsch, alle atmen auf, vor allem die Lateiner.

Ich finde das lustig, diese kleinen Dinge, die Gesten, die so viel ausmachen. Wie, dass die Führerin an Utz vorbei direkt auf die Kaiserin zugelaufen ist, ihr die Hand geschüttelt hat und mit ihr geredet hat, als wäre sie unsere Klassenlehrerin. Bestimmt fünf Minuten (gefühlt) haben die beiden erst mal miteinander geredet, bevor sie ganz kurz dem Utz die Hand gegeben hat, ihren Namen gesagt, genickt, und dann sollte es losgehen.
Utz wollte was sagen, da hat sie ihm nur eine Hand auf den Arm gelegt, ihn gar nicht angeschaut, sondern bestimmt weitergeredet.
So geht das also.
In der Höhle wurde es irgendwann kalt, ich hab vergessen, wie tief wir in den Berg reingegangen sind, aber ich glaube, wir waren eine halbe Stunde unterwegs. Es war alles sehr gut ausgeleuchtet und die Wege auch nicht uneben. Irgendwann ist die Führerin stehen geblieben und hat kurz mit der Kaiserin gesprochen, und die hat dann Piet zu sich gerufen.
Weil gerade in dem Stück Höhle die Akustik so toll sein sollte.
Ich wusste das gar nicht, dass Piet singen kann. Erst hat er ein bisschen probiert, aber dann, holla die Waldfee, jetzt weiß ich, was gute Akustik ist. Wenn man das Gefühl hat, dass die Stimme überall ist, in den letzten Ecken und Winkeln, aber vor allem in den Kniekehlen und unter der Kopfhaut, dass jedes kleine Härchen mitschwingt. Piet hat, glaub ich, einfach nur improvisiert, und auch das wusste ich gar nicht, überhaupt, dass man das machen kann, aber vor allem, dass Piet das so aus dem Stegreif kann. Wahnsinn.

Das ging minutenlang so und keiner hat auch nur einen Mucks gemacht von wegen »können wir mal bitte weitergehen«.
Der Piet! Wer hätte das gedacht.
Dann in der Höhle selbst haben Sofia und Pavel ihr Referat gehalten und die Führerin hat ergänzt, sehr nett, sehr witzig, sehr entspannt. Auf dem Rückweg hat Piet noch mal singen müssen, weil wir das wollten. Da hat er ein Lied vorgesungen, »Lilac Wine« (Merken!), und jetzt sind wir alle verliebt in ihn und wollen Babys von ihm.

Mittagspause.
Wir sind in einer Pizzeria am Berg, die Aussicht ist gut, wir haben die Bäuche voll mit Pizza, mit guter Pizza, und die Sonne scheint uns auf die Gesichter.
So ist alles schön. »Fast wie Urlaub«, sagt Adrian.

Im Bus: Sarah hört also Punk? Aber auch Country!!! (Ich kenn immer noch nicht den Unterschied zwischen Country und Western.)
Zuerst, ich bin mir ziemlich sicher, kam ein Lied mit dem Titel »Too drunk to fuck«, Moritz und Lena sind jedenfalls aufgesprungen, denn die kannten das, und haben wild die Köpfe geschüttelt. Bis die Countrynummer kam.
Sarah! Stille Wasser, ey!
Man ist inzwischen gespannt, was als Nächstes kommt.
Wie viele Lieder sind eigentlich 1 GB?
Warum weiß das denn keiner? Ich frage mal rum. Oder ich könnte auch einfach Sarah fragen, wie viele Lieder da drauf sind.

Sarah sagt, da seien weniger als 300 Lieder drauf, aber nicht viel weniger. Das ist einiges.
Außerdem gibt es eine Geschichte zu der Playlist, aber ich weiß nicht, ob ich die hier aufschreiben darf. Es ist eine gute Geschichte, so viel nur. Ich höre jedes Lied jetzt quasi mit neuen Ohren und hab mich zum ersten Mal in vier Jahren mit Sarah unterhalten.
Ich frage mich, mit wem aus der Klasse ich noch nie geredet habe. Also mehr als »Hast du Mathe?« oder so.
Neues Lied, die Kaiserin schaut nach hinten und ruft laut »Danke Sarah!« und strahlt.
Vielleicht ist für jeden aus der Klasse ein Lied auf der Playlist und wir wissen es nur noch nicht.

Ich frag mich, was meins ist.

Wir sind da, aber das Museum ist zu.
Wir stehen blöde vor dem Museum rum und die Lehrkörper suchen nach einem Schild oder einer Klingel, die man drücken kann. Wir sitzen im Schatten.
Herr Utz versucht einen Schüler zu mobilisieren, aber ihm fällt nicht ein wozu. Das klingt dann so:
»MILAN!«
»Ja?«
»Milan, komm her!«
(Milan steht auf, geht zu Herrn Utz, der drei Meter weiter weg steht.)
Herr Utz: »Geht's vielleicht noch ein bisschen langsamer?«
Milan steht vor Herrn Utz.
»Geh mal um das Gebäude rum!«

Milan: »Warum?«
»Weil ich dir das sage, Milan, deshalb!«
»Das ist aber keine genaue Arbeitsanweisung, Herr Kollege«, sagt die Kaiserin.
(Die beiden sind übrigens strikt per Sie, dabei glaub ich, die Kaiserin duzt 90 Prozent des Kollegiums UND DEN HAUSMEISTER!)
Utz: »Guck mal, ob da was ist.«
Milan: »Was was?«
»Tu nicht so blöd, eine Tür, eine Klingel, ein Schild.«
Milan geht.
Nach zehn Minuten ist Milan wieder zurück, schüttelt den Kopf.

Die Eingangstür geht plötzlich auf, eine Putzkraft tritt heraus.
Wir erfahren: Mittwochnachmittags hat alles zu. Alles. Alles macht erst wieder um 17 Uhr auf.
Wir sitzen immer noch im Schatten.
Herr Utz versucht inzwischen mit dem Museumsführer zu telefonieren.
Herr Utz hat den Museumsführer erreicht, der uns gestern erwartet hat.
Herr Utz schaut sich um und ist selbst schuld.
Was jetzt?
Es gibt ja noch ein Referat zu halten.
Was jetzt dämlich ist, denn Anna und Otto bräuchten für ihr Referat eigentlich das offene Museum. Und können ja auch keine PowerPoint-Präsentation machen. Weil wir ja keine Computer dabeihaben dürfen.

Aber sie schaffen es trotzdem. Mit viel »Das müsst ihr euch jetzt so vorstellen«, und zum Glück ist Anna in der Theater AG. Und Otto spielt mit.
Es gibt Abschlussapplaus, tosenden.
Anna und Otto verbeugen sich. Tolle Show.
Ich denke sehnsüchtig an die Pizzeria zurück. Uhrencheck, es ist halb vier.
Was jetzt?
Herr Utz überlegt, ob man wandern sollte.
Sofia fragt, ob man vielleicht in die Stadt reinfahren könnte, weil man doch Postkarten kaufen möchte. Und Briefmarken.
Und vielleicht ein Eis.
Herr Utz murmelt irgendwas in seinen Bart von wegen »Studienfahrt«, aber dass wir hier rumsitzen, kann man ja auch nicht als Bildungsmaßnahme verbuchen.
Aber weil wir schon so viel gesessen haben, geht es per pedes in die Stadt. Das geht sich aus, das geht vor allem bergab, das geht also ganz leicht.

Während die anderen Souvenirs kaufen oder ein Internetcafé suchen, sitz ich in einem Café ohne Internet. Anna und Otto versuchen »Ottos Mops« zusammenzukriegen. Otto gibt sich weniger Mühe als Anna.
Der Kaffee schmeckt herrlich. »Anna Blume« kennt keiner der beiden.

Hallo Mama und Papa, *wenn ich noch nicht da bin, wenn Ihr diese Karte bekommt, wisst Ihr wenigstens, dass ich am 13. Juli noch am Leben war.* *Wenn es so weitergeht, wird die halbe Klasse eh demnächst nach Hause geschickt. Oder fährt freiwillig heim. Scherz. Macht Euch keine Sorgen. So oder so, wir sehen uns!* *Euer Euch liebender Sohn* *Adrian*	*An* *M. + P.* ████ *Gartenweg 5* ████████ *Germany*

Eben laufen Utz und die Kaiserin am Café vorbei.
Utz sagt an, dass wir uns in einer halben Stunde sammeln, um gemeinsam zum Bus zu gehen.
Die Kaiserin findet das Café lauschig und setzt sich zu uns.
Die Kaiserin kann »Anna Blume« auswendig.

17.30: Wir sind am Bus, aber der Bus ist weg.
Heute ist wohl der Tag, an dem wir verwirrt in der Gegend herumstehen und uns fragen, was hier passiert. Heute ist der Tag, an dem ich schon wieder im Schatten sitze und der Dinge harre. Harre. Ich harre, du harrst? »Anna Blume« hat mich verwirrt.

Es ist jetzt 17.40 und der Bus ist nicht da und der Busfahrer geht auch nicht an sein Handy.

Es ist 17.48 und am Ende der Straße ist der Bus zu erkennen.

Ja, das ist er.
Erleichterung.

Herr Keller berichtet von seiner Odyssee. (Was haben Leute eigentlich vor Odysseus zu langen anstrengenden Reisen gesagt?)
Es ist nämlich ein Polizist gekommen und hat unserem werten Busfahrer gesagt, dass man hier nicht parken könne, wie quasi in der ganzen Ortschaft nicht mehr, weil morgen wegen irgendwas Prozession ist und da die Straßen freigehalten werden müssen. Also ist unser Busfahrer orientierungslos durch die Gegend gefahren und musste dann auch noch zu seinem Ärger feststellen, dass sich der Tank leerte. Eine Tankstelle musste gefunden werden, und zwar umgehend. Lange Rede (sehr lange Rede), kurzer Sinn, die Tankstelle wurde gefunden, es wurde getankt, er hat uns abgeholt, wir sitzen im Bus.
Die Playlist spielt »Ich bin ja so verschossen / in deine Sommersprossen«.
Gold.
Kurz vor Ankunft an der Herberge kann Herr Utz es sich nun aber auch nicht verkneifen, uns alle noch mal daran zu erinnern, dass wir heute Abend Küchendienst haben, und dass das auch das Eindecken der Tische bedeutet.
Wir nicken.
Die Kaiserin erinnert ihrerseits noch mal daran, dass danach gespielt wird. Wenn man will. Sagt aber, sie hätte sich lustige Sachen überlegt.
Der Kaiserin traue ich alles zu.

Ich bin vom Eindecken weggeschickt worden. Die Küchenchefin war mit so viel Hilfe überfordert. Zehn Leute bräuchte sie allerhöchstens, mehr nicht. Die sind nach zehn Minuten auch wieder rausgeschickt worden. Essen dürfen wir nicht reintragen, falls was passiert, Versicherung.
Herr Utz kam gerade vorbei (ich sitze draußen bei der Tischtennisplatte) und fragte, ob ich mich vor der Arbeit drücke.
Weil er mir nicht geglaubt hat, ist er in die Küche und kurz drauf unter Gezeter wieder rausgeschickt worden.
Wir sollen dann eben danach helfen, Abwasch machen.

Zum Essen gab es Nudeln und Soße und Salat und Brot.
Zum Nachtisch Pfirsiche oder Joghurt.

Ich bin wieder weggeschickt worden, weil ich nur im Weg rumstehe. Die Küchenchefin hat was gegen große Menschen, glaub ich.
Wieder Herr Utz, der mich in die Küche zerren will, wieder Gezeter, ich geb auf.
Frage, ob ich aufs Zimmer darf, werde zur Kaiserin geschickt. Wo auch immer die ist.

Halb elf.
Fix und alle und trotzdem.
Bevor der Spieleabend losging, habe ich noch eine Unterhaltung mit der Kaiserin gehabt. (Wir wissen immer noch nicht, wie sie mit Vornamen heißt. Beim Utz interessiert das kein Schwein, wie der von vorne heißt.)
Über unseren Klassenleiter haben wir geredet.

Und Lehrer sind ja untereinander loyal, vielleicht ist das Voraussetzung, damit man verbeamtet wird. Aber … das ist wie mit den Gesten heute früh. Oder das Zwischen-den-Zeilen-Lesen. Manchmal hat die Kaiserin so lange Pausen gemacht, die haben echt Bände gesprochen.
Dass man so viel sagen kann, wenn man gar nichts sagt.
»Nur noch ein paar Tage«, meinte sie dann am Schluss.
Und nicht, dass wir ihn nicht reizen sollen. Und nicht, dass wir mehr Rücksicht oder … ich hatte schon irgend so eine Geschichte erwartet wie »der ist so, weil …«, weil seine Frau seit Jahren im Koma liegt. Oder unheilbar krank ist. Oder was mit seinen Kindern. Oder weil er … ich hab keine Ahnung.
Einmal sagte sie, Herr Utz sei eine andere Generation.
Was ja klar ist. Und sie meinte, die Dinge verändern sich doch schneller, als sich das manche erträumt hätten. Und dass jemand wie der Utz nicht mehr aus seiner Haut kann, dass der nicht mehr umlernt, und dann meinte sie, dass sie mal besser aufhört, bevor sie noch mehr Klischees aneinanderreiht.
Wir haben dann so viel gespielt, dass ich jetzt DURCH bin.
Und wach. Irgendwas sehr dazwischen und beides gleichzeitig.
Sofia sitzt auf dem Balkon nebenan.
Sofia will lesen.

Hey Ole.
Es ist jetzt kurz vor zwei. Ich hab das Protokoll gelesen, und dann hab ich es noch mal gelesen (ich brauch nicht so viel Schlaf),

und ich glaube, wir können das dem Utz nicht geben, dann ist es weg.
Dann kriegen wir das Protokoll nie wieder zu sehen. Oder so zusammengekürzt, dass nichts mehr richtig davon übrig ist. Das fänd ich nicht gut. Und Stress gibt es außerdem.
Ole, vielleicht schreibst du einfach weiter? Und wenn der Utz irgendwann fragt, falls der fragt, dann weißt du einfach nicht, wer es hat. Oder du sagst nur, dass du es weitergegeben hast. Aber vielleicht fragt er auch gar nicht. Ist das in Ordnung? Und wenn du keine Lust mehr hast, dann kann ich auch weiterschreiben. Oder Adrian. Hauptsache, der Utz kriegt das nicht in die Finger. Ich sag auch den anderen Bescheid.
Morgen. Heute.
Und ich glaub, dann frag ich mal Sarah nach ihrer Playlist.
Bis quasi jetzt,

Sofia.

Donnerstag, 14. 07.

6.30 Uhr: Frühstück
7.00 Uhr: Abfahrt nach
9.00 Uhr: Begehung des historischen Dorfkerns
Referat: Katinka / Jasmin
11.00 Uhr: Aufstieg zur Festung
ca. 12.00 Uhr: Ankunft
Referat: Katherina / Aljoscha
13.00 Uhr: Mittagessen
14.00 Uhr: Führung durch die Burg
15.30 Uhr: Führung durch das Waffenmuseum
Referat: Piet / Julian
16.30 Uhr: Führung durch den Botanischen Garten
18.00 Uhr: Abendessen / Picknick im Garten
19.00 Uhr: Abfahrt zur Herberge
21.00 Uhr: Ankunft

Sofia hat mir beim Frühstück das Protokoll unterm Tisch zugeschoben.
Das Frühstück war heute sehr früh. Wir waren die einzige Gruppe im Speisesaal. Die Küchenchefin hat wohl Mitleid mit uns, so hat sie uns jedenfalls angeschaut. Und wir haben zurückgegähnt. Ich versteh gar nicht, wie Sofia bis um zwei lesen konnte und jetzt schon wieder so wach ist, dass sie die Zeitung liest und sich mit Lena austauscht. Die beiden, ey. Dass die noch keinen Podcast miteinander machen.
Immerhin gab es Kaffee, oder was man hier so Kaffee nennt.
Abfahrt um sieben Uhr. Mit gähnendem Keller. Der roch

auch nicht gut. Der roch nach Knoblauch von gestern. Und Kaffee und Kippe von heute.
Pavel und Paul sind dem Bus hinterhergerannt, der Utz hat es richtig ausgereizt, bis der hintere Teil vom Bus laut wurde, und zwar nicht, um ihm zuzustimmen.
Utz machte dann auch gleich noch einen Kommentar, dass ja sogar Josch pünktlich da gewesen wäre.
Josch hat einfach nur aus dem Fenster geguckt, obwohl der Utz ihn daraufhin natürlich angestarrt hat.
Adrian will wissen, warum ich immer noch protokolliere.

Adrian hat alles gelesen und genickt und die Stirn gerunzelt. Und dann am Schluss hat er noch mal genickt und nichts mehr gesagt, was ungewöhnlich für ihn ist.
Die Beatles, »Here comes the sun«, perfektes Timing.
Wir fahren zwei Stunden. Adrian hat sein Unterwegskissen ans Fenster gelegt. Ich glaub, ich leg mich auch mal ein bisschen ab.

Die Playlist ist sehr unerwartet sehr laut und … expressiv geworden und der Busfahrer hat nicht schnell genug reagiert. Alle sind jetzt wach.
Es ist halb neun. Man reibt sich die Augen. Irgendwer fragt tatsächlich: »Sind wir bald da?«
Herr Utz hält eine Ansprache, dass jetzt mal wieder eine Mülltüte rumgereicht wird und man diese doch bitte befüllen soll. Und bitte auch unter den Sitzen nachschauen. Es würde doch ein bisschen anfangen zu riechen.
Möchte ihm sagen, dass er sich dann vielleicht ein Stück vom Busfahrer wegsetzen sollte, spare es mir aber.

Wir sind um neun Uhr im Dorf, aber es gibt keinen Parkplatz. Überall stehen temporäre Parkverbote. Der Busfahrer flucht nicht dezent.
Es wird beschlossen, dass er uns bei der nächsten Gelegenheit rausschmeißt und dann alleine nach einem Parkplatz sucht.
Wir sollen uns absprungbereit machen.

Wir haben hier natürlich nicht schnellschnell aussteigen können, und die lokale Polizei war prompt zur Stelle. Unser Busfahrer weiß inzwischen, was »hier ist parken verboten« in der Landessprache heißt, und nickt nur und sagt »jaja, ich weiß«.
Wir müssen noch ein bisschen laufen, um bis zum historischen Kern zu kommen.

Wir stehen an einem Brunnen, der schon wach ist und plätschert.
Katinka und Jasmin haben sich zur Geschichte und Architektur und so informiert, sind aber zu dieser Tageszeit noch nicht so laut und verständlich, wie sie es mit zehn Stunden Schlaf hätten sein können. Moritz hat schon eine Weile die Augen zu. Bestimmt kippt er gleich nach vorne.
Es ist erstaunlich, wie viel man über einen Brunnen sagen kann. Die ganze Weltgeschichte spiegelt sich in der Architektur dieses Brunnens. Goethe war auch mal hier.
»Wo war der nicht«, sagt die Kaiserin.
Der Rest ist weiter unverständlich. Moritz liegt jetzt bei Anna auf der Schulter. Anna hält das aus. Otto, Sofia und Karim schirmen Moritz vom Utz ab.

Ah, es geht also nicht nur um den Brunnen. Es geht um den Platz drum herum. Den gibt es auch schon eine Weile. Aha. Der Platz hat einen Namen, den ich aber nicht verstehe, weil ich Lateiner bin. Und weil Katinka und Jasmin ein bisschen leiern.
Das Referat ist ein ganzer Packen DIN-A4-Blätter, der durchgearbeitet werden muss. Das Dorf ist nicht groß, aber historisch wie sonst was.
Wir gehen weiter. Moritz wird sanft geweckt, er reibt sich die Augen.
Hier ist ein Haus.
Aha.
Was ist das für ein Haus? Ein historisches.
Welches Jahrhundert? Ein vergangenes.
Sieh an. Weiter geht's.
Hier ist eine Straße.
Aha.
Uns werden alle Straßennamen der Geschichte vorgebetet.
Hier ist das Rathaus.
Das ist lustigerweise erst in den 1950er-Jahren entstanden.
Weiter.
Irgendwas mit dem Straßenbelag? Adrian zuckt mit den Schultern.
Eine Kirche. Eine Basilika. Aha. Man geht hinein.
Drinnen sind Katinka und Jasmin noch mal leiser.
Und es hallt trotzdem.
Aber schön.
Ob Piet wohl noch mal singen könnte? Nein. Uns wird ein Sarkophag gezeigt. Dann noch ein paar Fresken. Und Säulen. Und ein paar Marienbilder.

Der Rest ist abgesperrt. Also erzählen uns Katinka und Jasmin, was hinter den Absperrseilen liegt. Das klingt spannend, ist aber auch gerade unter Renovierung. Also nicht zugänglich. Wir verlassen die ~~Kirche~~ Basilika.

300 Meter weiter die nächste Kirche. In einem Dorf. Wahnsinn. Wie viele Kirchen pro Einwohner macht das wohl?

Utz fragt, ob wir Pavel gesehen hätten, und seit wann der weg ist.

Ich sage, dass der eine Toilette suchen wollte, weil ihn seit heute früh Durchfall quält. Dass er aber später zu uns stoßen wird.

Keiner hinterfragt das. Gute Kollegen.

Oh, die Kirche ist eine romantische. Süß.

Nein, romanische. Okay.

Hat trotzdem eine romantische Geschichte.

Dass hier Liebespaare, die nicht sein sollten, herkamen, um sich heimlich vermählen zu lassen. Also wie beim heiligen Valentin, aber nicht ganz. Irgendwas zwischen Valentin und Vegas.

Weniger Bilder hier. Sind wohl im Zweiten Weltkrieg geplündert worden.

Noch was über die Fenster. Über die Glocke. Nee, die Glocken, drei sind das. Und alle wieder hierhergefunden nach dem Krieg. Wer klaut denn Glocken, verdammt noch mal? Und warum?

Ach, wegen des Materials.

So was.

Ich sehe Pavel und winke ihn zu mir.

Herr Utz schaut auf die Uhr und sagt, dass es Zeit ist für den Aufstieg.

Katinka und Jasmin haben aber noch bestimmt 30 Seiten Referat über das Dorf.
Das sei nicht sein Problem, das hätten die beiden besser takten sollen. Und auswählen, was wirklich wichtig ist.
Warum dreht Utz alles immer so, als wäre man selbst schuld? Und macht einen Vorwurf draus? Anstatt dass er einfach mal feststellt, dass die beiden sich echt viel Arbeit gemacht haben. Und wie toll das ist.
Der Klassenfahrtsgrinch.
Jasmin und Katinka kriegen von uns auf die Schultern geklopft und stecken das restliche Referat ein.
Wir gehen also hoch zur Festung. Eine Stunde ist anberaumt für den Weg.

Es ist 11.35 Uhr und der Weg hört einfach auf.
Anscheinend haben wir irgendwo eine falsche Abzweigung genommen. Die Kaiserin und Utz diskutieren. Utz holt sein Handy raus.
Der Mann, der bei der Vorbereitung zu dieser Studienfahrt noch sagte, wie wichtig es sei, dass wir Jugendlichen es endlich mal lernen, uns ohne Navi, sondern mit Karten und gesundem Menschenverstand in der Welt zurechtzufinden.
Aber gut, soll er machen. Hauptsache, wir kommen irgendwann an, der Weg ist nämlich steiler, als man dachte. Ein paar sind noch gar nicht hier in der Sackgasse angekommen.
Die trudeln langsam und röchelnd ein. Wie viel Grad hat es inzwischen eigentlich?
Wir stellen uns wieder in den Schatten.
Zurück, sagt Utz.

Wir sind wieder zurück, stehen an der letzten Abzweigung. Es wird diskutiert, ob man sich hier falsch entschieden hat. Herr Utz ist sich nicht sicher. Die Kaiserin hat gar keine Meinung, schaut aber irgendwann in den Himmel.
Utz überlegt.
Die Kaiserin kommt zu uns und fragt, ob alle ausreichend hydriert sind und ob jede/r seine/ihre Wasserflaschen aufgefüllt hätte.
Herr Utz entscheidet sich, dass wir hier anders hätten abbiegen müssen. Jetzt biegen wir richtig ab. Hoffen wir.
Die Sonne steht senkrecht. Wir sollten jetzt eigentlich schon oben sein.

Wieder zurück.
Man überlegt sich, die Sportler der Klasse als Kundschafter vorzuschicken.
Dann doch nicht.
Wir gehen wieder zurück zur letzten Weggabelung. Stimmen werden laut, es wird nach einer Pause verlangt.
Herr Utz sagt, dass wir die Pause erst bekommen, wenn wir oben auf dem Berg sind.

Die Pause wird demokratisch durchgesetzt.

Die Kaiserin macht sich Sorgen, weil sich die Wasserflaschen leeren. So fangen Horrorfilme an. Oder Psychodramen. Oder schlechte Filme. Oder richtig blöde Wanderungen.

12.20 Uhr: Wir sollen wieder runtergehen, um zu der Weggabelung davor zu gelangen.

12.52 Uhr: Die Letzten trudeln ein. Keinem ist nach Singen. Auch wenn Herr Utz das gerne hätte.

Tatsächlich gab es einen Wegweiser.

ES GAB EINEN WEGWEISER!!

Mann.

13.42 Uhr: Wir sind alle oben. Der Weg wäre auch knapp bemessen gewesen, hätten wir das beim ersten Anlauf richtig gemacht. Aber gut. Wasservorräte werden aufgefüllt.

Im Museumscafé wartet Mittagessen auf uns. Aber nur eine Viertelstunde.

Herr Utz tippt auf die Uhr.

Eine Verlängerung der Mittagspause sei nicht drin. O-Ton: »Ihr wolltet doch unbedingt auf dem Weg schon Rast machen.«

Wow.

Punkt 14.00 Uhr steht der Burgführer da. Auch er tippt sich auf die Uhr. Die Geste scheint kulturübergreifend gültig zu sein.

Sofia fragt, was mit dem Referat ist.

Ein paar kommen erst jetzt vom Klo zurück und haben keine Zeit mehr zu essen.

Brauchen wir wirklich anderthalb Stunden für die ganze Burg?

14.20 Uhr: Wir stehen immer noch erst im Vorraum und warten, dass es losgeht. Seit 20 Minuten referiert der Herr über die Restauration der Burg. Und wie wir uns zu verhalten haben. Und er lässt das Wort »Spenden« auffällig oft fallen.

15.30 Uhr: Nachdem wir die letzte halbe Stunde durch den Rest der Burg gejagt wurden, werden wir nun am Waffenmuseum abgeliefert. Kathi fragt, wann sie und Josch denn ihr Referat halten sollen.
Herr Utz weiß es nicht.
Josch sagt, dass ja auch eigentlich schon fast alles gesagt wurde. Vom Burgführer.
Herr Utz fragt Kathi, ob das stimmt.
Kathi sagt ja, eigentlich schon. Ob das jetzt schlimm wäre.
Es scheint schlimm zu sein.
Aber da kommt der Waffenmuseumsführer.
Man fragt, ob eine kurze Pause möglich wäre.
Zehn Minuten werden uns eingeräumt.

Zehn Minuten reichen nicht, wenn es im Museum nur zwei Toiletten gibt.
Piet und Julian sprechen sich mit dem Waffenmuseumsführer ab, weil die auch ein Referat halten müssen. Über das Waffenmuseum.
Die Kaiserin hat sich draußen hingesetzt und reibt sich den Nacken.
Man möchte ihr eine Zigarette anbieten. Man raucht aber gar nicht.
Die Pause hat also länger als zehn Minuten gedauert.
Herr Utz findet das doof.
Aber jetzt werden Waffen angeschaut.

Ich bin ja eher Pazifist.

Man hat sich nicht zu nahe über die Exponate zu beugen.
Man darf keinesfalls die Exponate anfassen.
Und wir erfahren, was man mit Schießpulver alles anstellen kann. Ich weiß ja nicht, ob man das jungen, leicht zu beeinflussenden Menschen so einfach mitteilen sollte.
Dann wiederum haben wir ja auch das Internet.
Zu Hause. Nicht hier.

Piet und Julian halten ihr Referat und ich passe nicht auf.
Die anderen aber auch nicht.
NICHT DIE EXPONATE ANFASSEN!
Ja, ist ja gut.

16.30 Uhr: Der Botanische Garten.
Sind noch nicht alle da, weil manche auf die Toilette mussten.
Herr Utz sagt, Kathi und Josch müssen ihr Referat beim Abendessen halten.
Und das, obwohl Kathi sagt, dass ja schon fast alles bei der Burgführung gesagt wurde.
Und eigentlich hatte der Utz ja schon vor drei Wochen alle Referate zur Durchsicht eingesammelt.
Sofia schaltet sich ein, und zwar mit genau dem Argument.
Und vor allem, weil wir ja auch alle kein richtiges Mittagessen hatten.
Sofia sagt, das fühlt sich für sie wie eine Strafe an, und sie wüsste gerne warum. Wer jetzt warum für was bestraft wird.

Der Utz hat sich einfach auf dem Absatz umgedreht und sie da stehen lassen.

Ein Mensch mit Nickelbrille und Stirnband kommt. Er ist der Botaniker vor Ort.
Und weil Utz weg ist, steht die Kaiserin auf und redet mit ihm.
Utz zetert vor den Toiletten rum.
Okay, der Botanische Garten. Hierbei handelte es sich um ein Steckenpferd vom Burgherren und seinen Nachkommen. Der war ein Pflanzennarr (O-Ton) und ließ sich am liebsten Samen schenken (Kichern aus den hinteren Reihen).
Ah gut, er versteht blöden Humor.
Zu dem Garten gehört ein ganzer Wald. In dem es sogar diese riesigen Bäume aus Kalifornien hat.
Ein Abschnitt des Gartens besteht nur aus Nutzpflanzen, also die zum Essen (zum ersten Mal Kapuzinerkresse gegessen), aber auch Heilpflanzen.
Schlafmohn muss hier auch mal gestanden haben. Wahnsinn, die Adligen.

Das war doch mal eine nette Führung.
Ich hab jetzt ganz grüne Finger vor lauter Blätter-Zerreiben.
Teehände. Kräuterfinger.
Dann führt er uns in den Lustgarten, wo es ESSEN GIBT!
ES GIBT ENDLICH ESSEN!
18.00 Uhr: ESSEN! PICKNICK!

Herr Utz will allen Ernstes jetzt das Referat von Josch und Kathi hören.
Der lässt nicht locker.
Die versuchen es echt, aber eigentlich ist alles gesagt. Hier und da finden sie noch einen Satz, aber ansonsten blättern sie viel.
Irgendwann sagt Kathi, dass sie nicht mehr haben.
Wie der Utz guckt.
Kathi gibt ihm den Ausdruck.
»Danke, ihr beiden«, sagt die Kaiserin.
Kathi und Josch gucken sich unsicher an.
Wir klatschen ein bisschen und dann ein bisschen mehr und dann ziehen wir sie auf die Picknickdecken.
Es gibt Brot und Salate und Obst und Käse und gefüllte Teigtaschen.
Der Botaniker sagt, dass er jetzt den Wein holen geht, aber Utz klärt ihn über die Unverträglichkeit von Studienfahrten und Alkohol auf.
Aber es ist auch so sehr nett.
Dem Botaniker fallen auch keine weiteren Vornamen mit H ein.
Die Kaiserin grinst sich eins.
Ich verstehe jetzt, warum so was Lustgarten heißt.

Wir fragen uns, was Herr Keller den ganzen Tag macht, wenn er auf uns wartet und nicht damit beschäftigt ist, uns rumzukutschieren (er hat das heute so genannt).

1. Er liest ein Buch. Und dann noch eins. Er ist einer von denen, die sich Notizen an den Rand schreiben und

zwischen die Zeilen, die Sätze unterstreichen, drei Ausrufezeichen machen und vielleicht noch »GENAU« dazuschreiben. Er ist ein Philosoph der Straße. Ein Wissenschaftler der Busspur. Ein Gelehrter der Autobahnraststätte.

2. Vielleicht schreibt er selbst ein Buch. Hierzu gibt es mehrere Varianten. Er schreibt eine Krimiserie, in der ein Busfahrer auf den Reisen, die er betreut, immer wieder in Mordfälle reinrutscht (wie man das halt so macht) und die dann löst. Es ist eine Serie. Sie heißt »Auf Abwegen«. Oder so was. Oder Schmonzetten. Setzt sich tagsüber in ein Café, lässt sich von der Szenerie inspirieren und seinen Gefühlen freien Lauf. Oder er arbeitet seit Jahren an einer Fernsehserie, irgendwas zwischen »Game of Thrones« und »Breaking Bad«, und genau so sagt er das auch.
3. Piet sagt, dass der bestimmt einer ist, der den ganzen Tag vor sich hin starrt. Alle Stunde bestellt er einen kleinen Kaffee, trinkt ihn nach zehn Minuten in einem Zug leer, und dann starrt er weiter vor sich hin.
4. Vielleicht trainiert er! Geht schwimmen, laufen, macht Klimmzüge. Macht Yoga!
5. Vielleicht schreibt er seiner Liebsten lange Briefe über das, was er erlebt.
6. Er legt sich in den Bus und schläft.
7. Sudokus und Kreuzworträtsel
8. Oder Geschicklichkeitsspiele. Oder er jongliert und balanciert.
9. Er schaut fern. Er hat im Bus eine kleine geheime Videothek gebunkert. Video Keller. Best of Keller.

10. Stricken, sagt Jamie, aber dafür ist er zu unentspannt.
11. Er plant die Weltherrschaft an sich zu reißen. Jeden Tag.
12.

Wir müssen los.
Herr Keller steht mit dem Bus vor der Burg. Wir schauen ihn alle mit anderen, sehr interessierten Augen an. »Hab ich was im Gesicht, oder was?«
Im Bus. Jetzt sitzen wir hier und ich denke, man hätte doch heute Mittag auch einfach mit dem Bus hochfahren können. Was uns da alles erspart geblieben wäre.
»Ja aber all das, was wir erlebt haben!«, sagt Adrian. Und wie lange wir noch davon erzählen werden.
Ich weiß nicht.

Es ist dieser Drang, aus allem etwas … Wertvolles oder so zu machen. Keine Chance, uns zu unterrichten oder zu formen, bleibt ungenutzt. Eben STUDIENFAHRT.
Der Utz meint das echt ernst.
Gestern beim Spieleabend ist er nach fünf Minuten wieder raus. Das war nichts für ihn. Weil es einfach Spaß war. Und dazu nicht mal genügend Ertüchtigung.

Aber wir sind ja jetzt im Bus. Der Tag ist quasi vorbei. Noch zwei Stunden Fahrt.

Der Utz ruft Josch und Kathi zu sich nach vorne.
Wir sitzen zu weit hinten. Der Utz steht in seiner Sitzreihe, hat den einen Ellbogen auf der Rückenlehne vom Vordersitz (da sitzt Marlene neben Rike).

Kathi verschränkt die Arme, versucht immer wieder was zu sagen, wird aber immer wieder unterbrochen, und zwar vom Utz.
Irgendwann legt ihr Josch eine Hand auf den Arm.
Kathi schüttelt den Kopf.
Sofia schaut zu uns rüber, großes Fragezeichen, die kann auch nichts hören.

Utz hat noch zwei Minuten auf die eingeredet und sie dann weggeschickt, dann hat er sich wieder auf seinen Platz gesetzt.
Wer sagt mir denn jetzt, was da passiert ist?
Adrian geht mal zu Kathi.

Es gab also eine Standpauke. Er hat es sich nicht nehmen lassen, die beiden noch mal zurechtzuweisen, dass man das mit dem Referat heute früh schon hätte kommunizieren sollen, anstatt einfach später zu sagen, dass man nichts Neues hätte.
Und dass die beiden Glück hätten, dass schon Notenschluss war, obwohl er dann wohl »Noch sind die Zeugnisse nicht ausgeteilt« vom Stapel gelassen hat. Was nicht ganz stimmt, weil Josch seins schon bekommen hat, weil der abgeht.
Man fragt sich also, ob der Utz die Referate jetzt noch bewerten wollte, und eben wie, wenn schon Notenschluss war.
Adrian winkt ab, sagt, Utz musste nur noch mal kurz sein Revier markieren.
Vor allem vor Josch. Der fragt sich bestimmt auch schon, warum er überhaupt noch mitgefahren ist.

Sofia hat sich zu Kathi gesetzt. Die denkt nämlich jetzt, dass das ihre Versetzung gefährden könnte.
Der Keller hat die Musik wieder angemacht (von alleine, ohne dass irgendwer ihn darum gebeten hätte), jetzt ruft der Utz »leiser!« nach vorne.
Wenigstens »bitte« könnte er sagen. Manieren!

Adrian sagt, der Utz ist gestresst. Dass den die Klassenfahrt einfach stresst, dass der deshalb so austeilt. Und denkt, alle um ihn herum müssten konstant gemaßregelt werden.
Wir überlegen kurz, wie man unseren Klassenleiter entstressen könnte. Ob Kamillentee und Massagen reichen würden, Baldrian. Oder ob man zu Illegalem oder Verschreibungspflichtigem greifen sollte.
Von vorne und von hinten schalten sie sich ein.
Für Kamillentee ist es angeblich zu spät.

Ich schau mich nach der Videothek vom Keller um. WLAN gibt es ja im Bus nicht, also könnte er auch nicht streamen.
Adrian hat sich wieder hingelegt.
Herr Keller hat ganz langsam die Musik lauter gedreht. Singt mit. Grönemeyer.

Wir sind pünktlich angekommen.
Herr Utz erinnert daran, dass für heute Abend nichts auf dem Programm steht, dass das aber nicht bedeutet, dass man aus lauter Langeweile auf blöde Ideen kommen sollte.
Erinnert uns auch noch einmal, dass absolutes Rauch- und Alkoholverbot besteht.

Das, während am Bolzplatz eine Gruppe aus Irland die Weinflaschen rumgehen lässt.
Andere Gruppen interessieren ihn nicht, sagt der Utz. Und dass er keine Probleme damit hat, Missetäter früher und auf Kosten der Eltern nach Hause zu schicken.
Er schaut Josch an.
Der weiß nicht mal, dass Josch weder trinkt noch raucht noch sonstwast. Josch ist so was von sauber.
Ich frag mich, was für ein Bild der Mann von uns allen hat.
Die Kaiserin zwinkert mir zu. Besser, ich schreib im Zimmer weiter.

1.25 Uhr:
Sofia saß also wieder auf dem Balkon nebenan und ich auch, und dann noch Adrian.
Und dann hatten wir plötzlich alle Hunger.
Sofia meinte, dass es bei Hanni und Nanni ja immer Mitternachtspartys gab, wo man Essensvorräte zusammenschmiss, und sie hätte noch Käsecracker, was wir denn hätten.
Und dann kamen immer mehr. Kein Alkohol, keine Zigaretten, nur leise Musik (der MP3-Player wurde, wie auch immer, mit so einer USB-Box gekoppelt, die hatte Marlene dabei).
Eigentlich haben wir alle nur unsere Betten vollgekrümelt und irgendwann angefangen uns unlustige Witze zu erzählen, wie damals in der fünften Klasse.
Und uns scheckig gelacht.
Und dann kam Utz.
Und glaubte nicht, dass man einfach so Spaß haben kann, fing an zu suchen.

Bis die Kaiserin dastand. Da sagte er gerade zu Marlene, dass sie ihn anhauchen sollte.
Und überhaupt, Mädchen und Jungen auf einem Zimmer.
»Ich seh hier nichts Verfängliches«, hat die Kaiserin gesagt.
Hat da einfach in der Tür gestanden, gesagt, dass es weder nach Rauch noch nach Alkohol riecht.
Und den Utz angestarrt.
Bis der irgendwann meinte, es sei jetzt Bettzeit, Zapfenstreich, »In zehn Minuten sind alle auf ihren Zimmern!«, und dass er noch mal zum Kontrollieren rumkommen würde.
Dann rausgedampft.
»Frau Kaiser«, hat Sofia angefangen, aber die winkte nur ab und meinte, sie müsste sich wohl mal mit dem Kollegen zusammensetzen.
»Aber geht jetzt mal auf eure Zimmer. Reizt es nicht aus.«
Also reizt ihn nicht.
Eben hat er den Kopf reingesteckt, nichts gesagt, nicht mal geklopft, und dann wieder Tür zu.
Sind ja nur noch zwei Tage.

Freitag, 15. 07.

8.00 Uhr: Frühstück
9.00 Uhr: literarischer Spaziergang (Frau Kaiser)
Referat: Lena / Frederike
11.00–13.00 Uhr: Heimatmuseum
Referat: Nicolas / Sarah
13.00 Uhr: Mittagessen
14.00 Uhr: Führung Stadtarchiv
16.00 Uhr: Amphitheater
Referat: Eliz
17.30 Uhr: Rückweg zur Herberge
19.00 Uhr: Abendessen
20.00 Uhr: Filmabend

Kurz nach sechs. Draußen nieselt es. Ich mag das ja, das Geräusch von Nieselregen im Sommer frühmorgens. Das Geräusch von Wandertag.
Und weil ich schon geduscht habe, geh ich noch ein bisschen raus. Bin ja nicht aus Zucker.

Josch und ich sind einmal um den Berg rumgelaufen. Irgendwann kam uns Pavel entgegen. Musste aufgeheitert werden. Brauchte Zuspruch. Hat er bekommen.
Es hat jetzt wieder aufgehört zu nieseln. Alles riecht. Tautropfen. Und frisch ist das.
Wenn die Sonne rauskommt, fängt das bestimmt an zu dampfen. Adrian wacht auf und fragt, was jetzt schon wieder passiert ist, dass ich schreiben muss.
Liest.
Ole ist ein Romantiker. (Adrian)

Die Küchenchefin ist klein und rund und grauhaarig und lächelt uns heute an. Es gibt extra Obst, weil »VITAMIN!«, sagt sie und zeigt auf den Kopf und auf ihren Bizeps, der nicht ohne ist.
Wir lachen, sie lacht mit.
Der Utz lässt sich nicht blicken. Die Kaiserin macht eine Durchsage, dass es um neun losgeht zum literarischen Spaziergang, dass der verpflichtend ist und sie diejenigen, die nicht kommen, erschießen wird, eigenhändig. Dass wir außerdem vorerst nicht in die Herberge zurückkommen.
Und dass wir uns außerdem die Regenjacken mitnehmen sollen, falls es noch mal anfängt zu regnen.
Um neun an der Tischtennisplatte.

Frau Kaiser hat einen riesigen Regenschirm dabei, der auch noch gelb ist. Dann sagt sie, dass wir jetzt ihre Reisegruppe sind, und freut sich dumm und dusslig.

Tatsächlich hat sie irgendwann angefangen zu singen »Ein Hut, ein Stock, ein Re-gen-schirm«, und das so lange, bis alle mitgemacht haben. Alle.
Wir landen bei einer Bank.
Erst trägt die Kaiserin ein Gedicht vor, und zwar AUSWENDIG, allerdings auch in der Originalsprache, was heißt, dass ich nichts verstanden habe. Und doch irgendwie schon.
Lena und Rike halten ihr Referat über die wichtigen Dichter und Denker der Gegend. Das geht zurück bis irgendwann, bis zu den Römern, den Griechen, den Hastenichgesehn. Anno dazumal. Zwischendrin noch ein Gedicht von der

Kaiserin. Oder sie liest einen Brief vor. Zum Glück so, dass die Lateiner das auch verstehen.
Der Utz ist übrigens nicht dabei. Als man nachfragt, beim Weitergehen, wird man informiert, der Kollege sei unpässlich. Malad. Er würde aber später wieder dazustoßen.
Jetzt frag ich mich ja doch, ob der Utz vielleicht eine tragische Geschichte hat und deswegen so ist, wie er ist, und uns deshalb so behandelt, wie er das macht.
Vielleicht hat er arge Schmerzen oder empfindliche Nerven oder so was. Oder er ist todkrank und deswegen so.
Fuck. Das wäre natürlich.
Nein, nichts Schlimmes, sagt die Kaiserin.
Rike erzählt, wo Goethe war und was er da gemacht hat. Der scheint damals sehr umtriebig gewesen zu sein.
Und während wir so weiterlaufen, erklärt uns Paul, was am Wegesrand alles blüht. Seit seinem Referat hat der richtig Blut geleckt. Gestern im Botanischen Garten war der auch gar nicht mehr von dem Botaniker wegzukriegen. Und hat sich gleich Nachschlagewerke empfehlen lassen.
Dabei gibt es dafür bestimmt auch eine App.
Aber das ist schon netter, wenn einem das von jemandem erklärt wird, der so richtig begeistert ist, was es hier alles gibt, und zwar nur hier, und wie das heißt, und manchmal auch, was das Besondere daran ist.
Rike sagt irgendwann, dass sie ja eigentlich dran sind. Und dann fällt ihr was ein, nämlich dass sie noch Naturgedichte dabeihat.
Paul hat rote Ohren. Niedlich.

Es ist elf und wir sind beim hiesigen Heimatmuseum.
Der Utz ist immer noch nicht da und wird nicht vermisst.
Das Heimatmuseum ist so groß wie unser Klassenzimmer.
Die Kaiserin sagt, dass wir ja zwei Stunden für dieses Museum haben und wir uns deshalb alles SEHR GENAU anschauen sollen. Mal Zeit mit den Exponaten verbringen. In den Dialog mit ihnen treten. Die Ausstellung ist ein unzusammenhängender Mischmasch aus … allem. Pfeilspitzen gibt es hier, aber wo gibt es die nicht (mein Bruder besitzt drei). Der Rest ist Kram. Sehr viel Kram.
Wir haben jetzt alle zehn Minuten lang alles angeschaut und sind sehr viel in den Dialog getreten. Dann erzählen Nic und Sarah, was sie dazu zu sagen haben, also wer hier gewohnt hat und wann, irgendwelche Völkerwanderungen sind hier vorbeigezogen.
Dann sagt die Kaiserin, dass sie sich fragt, ob man die lieben Kinderlein unbeaufsichtigt auf die Ortschaft loslassen kann, ohne sich strafbar zu machen.
Freudentaumel.
Juchzer und Luftsprünge.
Also rennen alle los, schauen, was so aufhat, was man hier so kaufen kann, ob man hier mal ins Internet kann.

Ich hab mir gerade die Klassenliste angeschaut und nachgedacht, wen ich hier eigentlich kenne.
Was ich von wem weiß.
Die Kaiserin hat am Spieleabend so ein paar Kennenlernspiele gemacht. Ich hab zuerst gedacht, was für ein

Unfug, weil wir ja schon seit der Siebten zusammenhängen.
Aber dann mussten wir alle etwas über uns erzählen, was keiner von uns weiß oder erwartet.
Die Kaiserin hat angefangen, dass sie mal eine Zeit lang Eidechsen besessen hat, vor allem, weil ihre Mutter die eklig fand.
Jetzt frag ich mich, wie lange Eidechsen leben.
Also:
Sofia kann Akkordeon spielen. Und macht das manchmal auch in einer Band, in der sie mit Abstand die Jüngste ist.
Milan kann mit beiden Händen schreiben.
Jana hat mal ein Jahr lang nicht geredet. (Warum, hat sie nicht gesagt, aber es war nichts Medizinisches.)
Eliz macht selbst Seifen.
Paul kann auf fünf Arten pfeifen.
Karim kann angeblich jeden Knoten aufkriegen.
Svenja will nach dem Abi nach Bangladesch gehen.
Hannes kann mit seiner Zungenspitze seine Nase berühren.
Pavel ist dreisprachig aufgewachsen und versucht in lauter Sprachen mindestens einen Satz auswendig zu können. (Auf Holländisch kann er sagen: »Wir haben Ameisen in der Küche.«)
Anna ist eigentlich am 29. Februar geboren, feiert aber immer, auch im Schaltjahr, am 1. März.
Otto sieht genauso aus wie sein Großvater. Der auch Otto hieß. Und der bei seiner Geburt gestorben ist (gruslig).
Katinka macht jeden Morgen einen Kopfstand.

Jasmin sammelt Meerglas (das sind vom Meer glatt geriebene Glasscherben).
Kathi näht sich seit drei Jahren ihre Klamotten selbst. Und zwar nicht, weil sie arm ist. Sondern weil sie es kann.
Piet singt also nicht nur, Piet singt nebenbei an einer Musikschule, für die er ein Stipendium hat, weil er so wahnsinnig gut ist.
Warum erzählt der so was nicht? Wenn ich so toll singen würde und dann auch noch ein Stipendium dafür hätte, ich würde den ganzen Tag lang singen, und das mit dem Stipendium wäre das Erste, was ich allen von mir erzählen würde.
Lena arbeitet am Wochenende mit ihrem Vater auf Baustellen.
Rike kann mit den Ohren wackeln.
Nic hört Benjamin Blümchen zum Einschlafen.
Sarah schlägt mindestens einmal pro Jahr ein Rad.
Elisabeth hat als Kind Kaugummis gesammelt. Gekaute.
Jamie hat einen Zwillingsbruder, der im Heim ist.
Anastasia liest kein Buch unter 250 Seiten.
Adrian kann selbst schreiben, was keiner von ihm weiß.
Ich bin eigentlich fünf Zentimeter größer, als in meinem Perso steht. (Adrian)
Der Vater von Moritz heißt Max.
Marlene kann was echt Ekliges mit ihren Augen machen.
Josch war als Zehnjähriger mal im Fernsehen und man kann das immer noch auf YouTube sehen, weil er die ganze Zeit Schluckauf hatte.
Und ich.
Vielleicht sollte ich nicht immer nur in Cafés sitzen.

Aber es ist ja schon fast eins und wir haben Hunger. Adrian hat schon wieder Karten geschrieben.
ICH WILL WAS MIT KÄSE ESSEN! (Adrian)

Ist das eigentlich in Ordnung, dass ich das alles über die anderen schreibe?

Ole lässt einen immer ausreden. Er tut dauernd sehr schlecht gelaunt, hält aber Menschen die Tür auf. Ole denkt erst nach, bevor er was sagt.
Er begrüßt Hunde. (Adrian)

Mittagessen war gut. *ES GAB KÄSE! (Adrian)*
Vor dem Stadtarchiv stand plötzlich Utz da.
Kein Wort, nur ein Nicken zur Kaiserin. Und auch sonst Stille. Guckte auch niemanden an.
Die Führung super, der Herr ein wahrer Stadtplanungs-/ Kartografie- und Architektur-Nerd. Wir mögen Nerds.
Es wurde sogar gelacht. Und nicht über Menschen. Ich habe das Gefühl, dass ich was gelernt habe, mein Gehirn bitzelt richtig.
Dann gibt es noch Kaffee für uns und dann weiter ins Amphitheater, wo Eliz uns was über Amphitheater im Allgemeinen und dieses hier im Besonderen erzählt.
Ich will die blutigen Details. Wie viele Menschen wurden von Tieren zerfleischt? Wie teuer war so ein Löwe eigentlich? Oder ein Bär? Und der Eintritt? Welche Snacks gab es für das gemeine Fußvolk, welche für die VIPs? (Wer erfand wann das Popcorn? Wer kam auf die Idee, es zu salzen?)
Gab es eine VIP-Lounge? (Adrian)

Okay, es gab also eine VIP-Lounge.
Eliz liebt Referate. Im Unterricht ist sie immer kurz vorm Einschlafen, aber wenn es irgendwie um Referate geht, bumm, Hand hoch. Gerne über Filme und Bücher.
Aber eigentlich über alles.
Vielleicht ist die einfach nur sehr, sehr unterfordert im Unterricht. Vielleicht hätte sie drei Klassen überspringen sollen.
Sie hat sich auch nicht vom Utz verunsichern lassen, der dann Zwischenfragen stellte (auf die er eh die Antworten weiß, weil er ja Geschichtslehrer ist. Und weil er das Referat schon gelesen hat). Sehr souverän das alles. Also von ihr.
Und dann ist sie fertig und wir haben alles gesehen und haben trotzdem noch eine Stunde Zeit, bis wir wieder abfahren sollen.
Alle schauen die Kaiserin an. Und der Utz fängt schon wieder an mit, wenn man Zeit hätte, könnte man ja auch … da sagt sie, dass ja heute Abend Filmabend ist und wir uns dafür noch mit Snacks eindecken müssten. Und schickt uns los, bevor der Utz noch was sagen kann.

Keiner weiß übrigens, welchen Film wir heute Abend sehen.
Die meisten vermuten etwas in der Landessprache. Oder eine Doku. In der Landessprache. Vielleicht was Altes in Schwarz-Weiß mit Untertiteln. In der Landessprache. Wo Menschen viel in die Ferne schauen. Nichts sagen. Und wenn doch, dann ist es so was Existenzialistisches wie … mir fällt nichts ein. So was wie »Gott ist tot«. Oder »Ich habe meine Sprache verloren« (in der Landessprache).

Keine Ahnung, wo das gerade herkam. Bestimmt auch was sehr Symbolisches. Züge sind immer gut.
Oder Haltestellen.
Bahnhöfe, auf denen nie Züge ankommen.

Auf Reisen in ferne oder nicht ganz so ferne Länder sollte man immer mindestens einen Supermarkt besuchen und sich dafür Zeit nehmen.
Welche Softdrinks gibt es? Welche Farben haben Käse und Wurst? Gibt es exotische Früchte oder Gemüse? Ganze Tierkadaver? Chips- und Schokoladensorten. Überhaupt: Schokoriegel!
Wir sitzen auf dem Parkplatz vor dem Supermarkt, weil Herr Keller uns nachher abholt.
Sitzen im Schatten, aber der Boden ist noch warm, und zeigen uns, was wir so gekauft haben.
Sehr beliebt: Geschmacksrichtungen, die nicht zusammenpassen sollten, es aber doch tun.
So was wie Chilischokolade oder Salzkaramell. Aber auch Estragonlimo.
Wir beschließen, später alles als Buffet anzurichten.

Herr Keller hat alle begrüßt, als wir eingestiegen sind.
Und dann gleich Sarah nach ihrem MP3-Player gefragt. Der ist gut gelaunt.
Der hatte ja auch den ganzen Tag frei.
Kurz überlegt, ob ich ihn frage, was er heute so erlebt hat.
Dann aber doch nicht.
Es ist echt schwer, die Snacks noch nicht anzubrechen. Das hat ja so was von Wandertag, wo man gleich bei der Abfahrt

schon in den Rucksack geschaut und dann mit dem Sitznachbarn verglichen hat, was man so von zu Hause mitbekommen hat.

Shit.

»Timing is not a city in China«.
Das hab ich mal gelesen.
Daneben stand »Denial is not a river in Egypt«.
Timing.
Erstens, dass es in einem Bus mit über 30 Passagieren (Lehrer und Fahrer inklusive) so ruhig ist, dass fünf Sekunden niemand was sagt, und in genau den fünf Sekunden auch die Musik aus ist, weil ein Lied zu Ende ist und noch kein neues angefangen hat. Und der Bus tuckert so leise, wie er das die ganzen letzten Tage kein einziges Mal gemacht hat, keiner niest, keiner raschelt, keiner redet oder singt oder lacht.
Und dass genau in dem Moment ein Handy klingelt.
Das nicht klingeln sollte, weil außer Lehrern und Fahrer niemand ein Handy dabeihaben sollte.
Und dieses Klingeln ist nicht das der Mobiltelefone der drei Erwachsenen an Bord.

Der Utz wie ein Habicht, den Kopf nach hinten, gespäht, ob man das Handy mit bloßem Auge sehen konnte, konnte man nicht, geschaut hat er, wie bei unangekündigten Tests, wenn er sicherstellen will, dass ja niemand abschreibt.
Und unter seinem Sichtfeld, hinter Sitzbänken: die Panik.
Nicht jetzt.
Und finden und ausstellen.
Aber da kam er schon nach hinten, so schnell wie das in einem fahrenden Bus geht.
Und hinten wurde ein Handy weitergereicht und konnte einfach nicht schnell genug ausgestellt und versteckt werden, bis es einfach auf dem Gang lag. Und klingelte.
Lag da, wo keiner saß.

Wie er es aufgehoben hat, mit spitzen Fingern.
Dann zu Josch.
Es war klar, dass er Josch beschuldigt hat, auch als wir sagten, dass es nicht das von Josch war.
Aber dann wollte er von uns wissen, von wem denn sonst.
Da klingelte das Handy schon wieder und zum Glück ist er kein einziges Mal auf die Idee gekommen, einfach dranzugehen und zu fragen, wen die Anrufende denn erreichen will.
Er hat den Namen vorgelesen, der auf dem Display erschien, Indigo, aber der sagte ihm nichts außer blau.
Von wem also das Handy sei, da war es wieder still.
Tatsächlich »Ich zähle bis drei!«.
Und hinter ihm war jemand aufgeregt, aber jemandem wurden auch Hände auf die Schulter gelegt. Nein, melde dich nicht.
Wäre es Alkohol gewesen. Feuerwerk. Drogen.
Aber ein kleines altes Handy, das wirklich nur anrufen und angerufen werden kann. So ein altes Handy, auf dem man noch für manche Buchstaben dreimal tippen muss, dass das SMS-Schreiben dauert, wo man keinen unbegrenzten Speicher hat.
Keine Musik, kein Internet, und nicht mal Fotos kann man damit machen.
Aber eben da sein und drangehen, wenn man angerufen wird, weil man gesagt hat: »Ich bin da. Immer.«
Weil das sehr wichtig war, das zu sagen, und das zu sein. Da. Immer.
Der Utz sagte, dass dann eben die ganze Klasse dafür büßen müsste, dass ein Einzelner sich nicht an die Regeln hält.
Er hat wohl gedacht, dass es dann schnell geht.

Ich habe gedacht, dass das schnell geht, dass jemand quatscht, weil einfach keine Lust auf den Stress. Und keine Verpflichtung einer einzelnen Person gegenüber.
Aber in seinem Rücken geheime Zeichen, das Schütteln von Köpfen, als sein Sermon wieder anschwoll, Prediger hätte der werden sollen.
Hinter seinem Rücken also: Nichts sagen wir, nie, keinen Meter kriegt der. Eisern.
Dass dann die ganze Klasse wohl auf den Filmabend verzichten müsste, hat er gesagt. Und sich dann umgeschaut, ob sich doch noch einer verplappert.
Und dass dann die ganze Klasse an den letzten beiden Tagen den Küchendienst verrichten müsste.
Auch da, keine Regung.
Und mehr ist ihm vorerst nicht eingefallen.
Das Handy in der Hand, ist er wieder zu seinem Platz gegangen.
Im hinteren Teil des Busses schwitzige Hände, weil man doch versprochen hatte da zu sein, wenn es schlimm wird, weil es gerade schlimm ist und niemand sonst da ist.
Und wenn man da jetzt nicht antworten kann.
So eine Angst.
So eine Sorge.

Wir brauchen das Handy zurück.
Die Eltern würden bestimmt sagen, da hätte man doch nüchtern und rational miteinander reden können. Warum denn überhaupt so ein Handy mitgenommen wird. Weil zu Hause eine Notsituation besteht und man deshalb erreichbar sein muss.

Ein Lehrer, ein Pädagoge müsse so was doch verstehen. Außerdem würden sie natürlich sagen, der Anker, der oder die einzige Vertraute einer Person mit psychischen Problemen zu sein wäre doch keine Aufgabe für jemanden in unserem Alter, und vor allem nicht zu stemmen. Gibt es denn da keinen Erwachsenen, der sich kümmern kann? Und dass, wenn es wirklich so hart ist, dass man sich dann ja auch einliefern lassen kann.
Würden sie sagen.
Die Eltern wissen aber auch nicht, dass der Utz schon einige Male hat fallen lassen, was er von so »neumodischen Psychowehwehchen« hält. Laut ihm sei ja jeder kurz vor dem Burn-out, und kaum scheint mal drei Tage nicht die Sonne, sei man depressiv und müsste in Behandlung. So hat er das wieder und wieder gesagt.
Ein paar von uns kennen Indigo.
Ein paar wissen von ihren Eltern.
Den Utz interessiert das nicht.
Das wird bei ihm unter pubertäre Anwandlungen abgelegt.
Das sind alles keine Argumente für ihn.
Wir haben nichts gesagt, wir sind schweigend irgendwann aus dem Bus gestiegen. Alle.
Der Utz rief uns noch hinterher, dass wir gleich alle in der Küche antreten könnten, er aber noch gewillt sei, von den Strafen abzusehen, wenn er jetzt erfahren würde, wer der Täter sei.
Täter.
Was ist denn die Tat?
Also sind wir in die Küche und die Chefin hat mit dem Kopf

geschüttelt und einigen von uns auf die Schulter geklopft.
Irgendwann hat sie gesagt, dass sie Maria heißt.
Und uns irgendwie beschäftigt. Ganz soft. Die hat unsere Gesichter gesehen und unser Raunen gehört.
Am Schluss wussten alle, warum das Handy mitgekommen ist. Und alle waren sich einig, dass der Utz das nie von alleine rausrückt.
Man könnte die Kaiserin einweihen, wurde vorgeschlagen.
Klar war es manchen nicht so wichtig, was mit dem Handy selbst passiert.
Aber alle haben Solidarität bekundet.
Auch, weil der Utz schon wieder in Richtung Josch gepoltert hat. Aber vor allem, weil er denkt, dass Schüler zum Verpetzen anzustiften immer noch pädagogisch tragbar wäre.
Und als der Utz dann reinkam, um zu schauen, was los ist: Totenstille.
Dann hat Maria ihn rausgeschimpft, in der Landessprache, aber der Tonfall war sehr, sehr eindeutig.

Es gibt einen Plan.
Es gibt Menschen, die ihn ausführen, und alle wissen davon.
Ich werde hier nicht aufschreiben, was passiert und wer was tut oder getan hat.
Sagen wir einfach: Alle waren beteiligt. Die ganze Klasse.
Alle tragen Schuld.
Alle haben das Handy aus dem Zimmer vom Utz geklaut oder wiederbeschafft und der Person zurückgegeben, der es wirklich gehört.

Das Handy ist bis auf Weiteres lautlos gestellt.
Und zum Glück ist am anderen Ende nichts passiert.

Noch hat er wohl nicht gemerkt, dass es weg ist. Noch ist alles still.

Ich frage mich, welchen Film wir wohl gesehen hätten.

Samstag, 16.07.

8.00 Uhr: Frühstück

9.00 Uhr: Abfahrt [illegible]

10.00 Uhr: Aquädukt

Referat: Jamie / Anastasia

11.30 Uhr: Römisches Museum

Referat: Adrian / Moritz

13.00–14.00 Uhr: Mittagspause

14.15 Uhr: Weiterfahrt

15.00 Uhr: Flugzeugmuseum

Referat: Marlene / Ole

16.30 Uhr: Rückfahrt zur Herberge

18.00 Uhr: Abendessen

20.00 Uhr: »Bunter Abend«

Sarahs Playlist ist voll mit Liedern, die gute Laune machen.
Alle Lieder sind so ausgesucht, so war das mal gedacht.
Weil die Lieder absurd sind oder weil sie nach Sonnenschein klingen, weil man dazu tanzen oder mitsingen kann oder beides.
Es ist komisch, so eine Playlist zu hören, wenn die Stimmung im Bus so ist wie jetzt gerade.
Nur der Keller ist unbeirrt und summt mit, wenn er ein Lied kennt. Manchmal stellt er die Musik extra laut, auch wenn der Utz ihm dann zuruft, dass man sich ja gar nicht mehr unterhalten könnte bei der Lautstärke. Mein Bus, meine Regeln.

Als würde sich irgendwer unterhalten.

Utz hat wohl nicht gemerkt, dass das Handy wieder da ist, wo es hingehört. So ruhig wäre der sonst nicht.
Um sechs Uhr früh hat er alle geweckt, damit auch ja niemand den Küchendienst verschläft.
Maria, die wieder den Kopf geschüttelt hat. Die uns alle mal drücken wollte.
Die Kaiserin, die irgendwann sehr ernst mit dem Utz geredet hat, er die Arme verschränkt. Meine Klasse, meine Regeln.
Das Kopfschütteln der Kaiserin, weil er sie dann einfach da hat stehen lassen.
Im Frühstückssaal nur die Gespräche der anderen Reisegruppen. Der Utz beobachtet uns mit Argusaugen und wir ihn.
Danach wieder Küchendienst, aber schnellschnell, damit wir pünktlich zum Bus kommen, pünktlich abfahren können.
Wo wir denn bleiben.
Marias Pantomime, als er die Küche wieder verlässt, kurz gelacht. Sie fragt uns nach unseren Namen, wiederholt sie und sagt sie zum Abschied.
Jetzt sind wir im Bus, es ist der letzte Tag. Wir warten, was ihm noch so einfällt an Sanktionen. So nennt er das. Als seien wir Staaten, die Verträge miteinander haben, und unsere Nation hat den Vertrag gebrochen.
Sanktionen werden verhängt.
Er sagt es einmal laut beim Frühstück, dass auch heute Abend noch einmal Küchendienst ansteht.
Die Kaiserin fragt, ob es wenigstens bei dem bunten Abend bleibt.
Das wäre abzuwarten. Das wolle er jetzt noch nicht entscheiden. Erst sehen, wie wir uns im Laufe des Tages verhalten.

Man möchte ein Fenster aufmachen. So eng ist das.
»Heute haben wir römischen Tag«, sagt die Kaiserin.
Angefangen am Aquädukt. Wieder ein Referat, Jamie und Anastasia, die sich gegen Wasserrauschen, gegen Autolärm und gegen die Ausführungen eines spanischen Fremdenführers beweisen müssen.
Alles schon mal gehört im Kunstunterricht, im Geschichtsunterricht, ein bisschen in Latein.
Das Wort Zivilisation.
Wir stehen in der prallen Sonne.
Anastasia und Jamie läuft der Schweiß, uns allen läuft der Schweiß. Die wenigsten mit Kopfbedeckung. Der Keller steht ein paar Meter weiter im Busschatten, raucht und beobachtet uns. Vielleicht wartet er darauf, dass wir endlich verschwinden, damit er seinem geheimen Tagwerk nachgehen kann.
Sonnencreme wird rumgereicht. Irgendwann schaut sich Anastasia um und sagt, dass wir ja auch weitergehen können, dass Schatten ja besser sei. Bevor noch alle umkippen.
Ein paar haben Bandanas gekauft, haben sie nass gemacht und tragen sie wie Piraten als Kopftuch. Keine Augen, nur Sonnenbrillen. Die Kaiserin sagt, dass sie mal eine Übung mit einer Theatergruppe gemacht hat, bunte Sonnenbrillen haben alle tragen müssen, blau, gelb, grün, was es so gab, einen ganzen Tag, und dann schauen, welche Farben die Träume in der Nacht darauf haben.
Wir laufen unter das Aquädukt. Stell dir vor, sagt einer, das war schon da, als. Das war schon da, da gab es nicht mal deine Urururururgroßeltern. Da gab es deinen Nachnamen noch nicht. Da gab es noch keine Schulpflicht, aber Musik

gab es da auch. Beamte gab es da auch schon. Sommerferien?
Wir stehen da und sind so jung. Wir sind so schnell vorbei wie ein Fingerschnippen. Und das hier, das steht dann immer noch. Daran erinnern sich die Leute, die kommen her, jetzt, in 50 Jahren, vielleicht in 100, wenn es dann noch Menschen gibt, und dann reden sie nicht von uns, sondern von Römern. Obwohl wir auch hier waren.
Wir waren hier.
Anastasia und Jamie reihen Jahreszahlen aneinander, die so absurd weit weg klingen wie Lichtjahre. Wir gehen weiter.
Das ist der letzte Tag.
Dann noch eine Woche Schule, dann ist die Zehnte vorbei. Josch ist ja nicht der Einzige, der abgeht. Wir machen Abitur, wir bleiben an der Schule, wir besuchen eine andere, wir verbringen ein Jahr in den Staaten oder in Kanada oder sonst wo, wir fangen eine Ausbildung an, wir wechseln auf ein anderes Gymnasium mit anderen Schwerpunkten, Wirtschaft, Sprachen, Sport. Wir fangen im Betrieb unserer Eltern an.
Jetzt sind wir eine Klasse.
In zwei Wochen sind wir das nicht mehr.
Wir gehen weiter. Wir kommen an einem Trinkwasserbrunnen vorbei und füllen unsere Flaschen auf. Die Kaiserin sagt, dass wir trinken sollen. »Trinkt«, sagt sie.
»Nicht, dass wir noch am letzten Tag ins Krankenhaus müssen«, sagt Utz.
Er versucht ein Lächeln, wir nicht.
Wir sind abgegessen. Wir sind müde und überhitzt und haben ihn satt. Wir sind eingeschnappt. Wir sind voreinge-

nommen. Wir haben das Recht dazu. Vielleicht. Vielleicht stellen wir uns auch an wie kleine Kinder, weil wir genau das sind, pubertär, Gören, verwöhnt, verhätschelt. Sturköpfig. Hitzköpfig, trotz Bandanas.
Bandanas, Bananas.
Anastasia und Jamie schnaufen durch ihr Referat, fragen nach Fragen, alle drehen sich zu Utz, der winkt ab. Pause, Wasser, Schatten, 32 Grad Celsius und nicht mal Mittag.
An der Wand vor den Toiletten Hunderte von Unterschriften.
Wir schauen uns an, wir kramen nach Stiften. Ist das illegal? Ist doch egal. Wir unterschreiben. Wir setzen uns zusammen, unsere Namen, wir waren hier, wir hinterlassen was. Sommer zweitausendundnochwas. Der Stift ist wasserfest. Zeitabweisend vielleicht. Wir bleiben. Ein bisschen. Wir stehen da und schauen unsere Namen an. Wir machen kein Foto davon.
Dann gehen wir weiter.
Die Kaiserin und Utz stehen an der Information, sie runzelt die Stirn, Herr Utz fragt nach den nächsten Referenten.
Das Museum hat auf, wir haben keine Führung gebucht. Die anderen Reisegruppen schon. Spanisch, Italienisch, Französisch, Englisch.
Herr Utz hört mit halbem Ohr zu, sagt der Kollegin, man könnte sich ja vielleicht auch einfach an eine der Gruppen, vorzugsweise die englische, dranhängen. Die Kaiserin reagiert nicht.
Im Museum ist es kühler, die Exponate (Do not touch! Ne pas toucher!) wohltemperiert, damit sie halten.
Adrian und Moritz referieren, wieder Römer, alles wieder-

holt sich, wie ihr eben schon gehört habt, wie ihr schon am Amphitheater gehört habt, wie ihr schon im Unterricht gehört habt, Revision, Revision, »nur so bleibt was hängen«, Steine und Jahreszahlen, aber wir halten durch, weil wir an die Hitze draußen denken, weil es hier schattig ist, kühl, wir nehmen die Bandanas von den Köpfen und holen uns den Tod, eine Erkältung oder rein gar nichts. Eine niederländische Gruppe wird durch den Raum geführt.
Wir gehen Herrscher und Kriege durch, schauen auf Landkarten und Bildbeschreibungen in mehrsprachigen Ausführungen.
Wir rollen mit den Augen und stoßen einander an. Stell dir vor, das wäre unser letzter Tag auf der Welt und du hättest ihn so verbracht. Dann wäre ich wenigstens nicht mit einem Hitzschlag im Krankenhaus gelandet. Immerhin. Wir können ja gleich ein Eis essen.
Wir wabern. Wir bewegen uns, wie sich Gruppen bewegen, wie eine Herde, ein Rudel, wie Moleküle. Wir denken an Blutplättchen im Fluss. DO NOT TOUCH! Eine polnische Familie quetscht sich durch uns durch.
Wir gehen die gesamte römische Geschichte der Gegend noch einmal durch, einszweidrei im Sauseschritt.
»Wir sind fertig«, sagt Adrian. »Ja«, sagt Moritz. Sie halten ihr Referat in den Händen und haben dem nichts mehr hinzuzufügen. Alle Räume sind abgelaufen. Eine Gruppe läuft vorbei und redet nicht. Es ist nicht mal halb zwölf.
Wir sollen uns noch mal alles anschauen, in die Tiefe gehen.
Zwei stöhnenseufzen zu laut.
Wir haben alles gesehen. Alles.

Wir sind durch mit den Römern. Hoffentlich kommt er jetzt nicht mit den Griechen um die Ecke.
Die Ersten verschwinden in Richtung Toilette, ohne zu fragen, Herr Utz ruft ihnen hinterher und sie hören ihn nicht.
Die Gruppe zerstreut sich. Bleibt beisammen.
Gehen wir raus?
Bei der Hitze?
Bleiben wir drinnen?
Hier gibt es nicht mal einen Museumsshop.
Nicht mal Karten? Doch, aber die sind aus den 70ern. Vintage. Nee, alt.
Im Eingangsbereich zwei Bänke, wir sind 28 Schüler.
Der Rest kommt aus den Toiletten. Wir stapeln uns aufeinander, nebeneinander, wir sitzen und hängen ab.
»Dann machen wir jetzt Mittag«, sagt Utz.
Wo? Hier?
Wir gehen zum Bus, der steht da, und Keller steht da und raucht und schaut immer noch zu uns, dann schmeißt er seine Zigarette zu Boden, tritt sie aus, und niemand sagt ihm, dass das nicht cool ist.
Der Mann steht im Schatten, obwohl die Sonne senkrecht steht.
Utz schaut sich um, sieht ein, hier kann man keine Rast machen, sagt es zur Kollegin, sagt es zum Busfahrer, beide stimmen wortlos zu.
Dann mal eingestiegen. Keller wartet, bis wir sitzen, das Geräusch der Türen ein Seufzen, dann das bärtige Rumpeln des Busmotors, wir wackeln, wir sitzen, wir schauen raus und da draußen sind unsere Namen für die Ewigkeit oder bis jemand zum Tünchen kommt.

Herr Utz will einen Vorschlag machen, sich beraten, wo man nun das mitgebrachte Picknick aufschlagen könnte, er spricht in den Rücken des Busfahrers, der winkt ab. Als Utz insistiert, antwortet Keller, er hätte da schon was, er sagt es bestimmt, Utz schweigt und geht langsam an seinen Platz zurück.
Keller macht die Musik an und lacht.
»Come on Eileen« drinnen, draußen immer noch steigende Temperaturen.
Ansonsten kaum Gespräche, immer noch nur Flüstern, Raunen.
Irgendwann fährt Keller ab von der Straße auf einen wackligen Weg, der uns hin- und herschaukelt, dass wir irgendwann anfangen zu lachen, so sehen wir aus, wie Puppen, die hin- und herfallen, uuuuh sagen, hoppla. Oh, là, là.
Keinem wird schlecht. Niemand tut sich weh. Alle werden mal durchgewürfelt.
Als wir ankommen, der Bus verstummt, die Tür sich wieder seufzend öffnet, reiben wir uns die Augen, sind noch leicht kichrig, steigen einer nach der anderen aus dem Bus.
Der Keller grinst, das hat er gut gemacht, das weiß er.
Woher kennt er diesen Platz?
Eine Wiese an einem kleinen Fluss, drei Bäume, die Schatten werfen, dazwischen ein paar Findlinge, das Wort fällt uns plötzlich wieder ein. Wir atmen auf.
Das Picknick, das mitgenommene, das wir schon verwelkt, durch die Hitze verkocht, verknatscht gedacht haben, alles ist gut, das Brot ist frisch, der Käse intakt. Alles ist, wie es sein soll. Wirklich alles.
Ein Lächeln und noch eins.

Die Mehrzahl hochgezogener Mundwinkel.
Wir breiten Decken aus, setzen uns, schauen aufs Wasser, das rauscht, die Bäume auch, leicht, Wind, denken wir, ein ganz leichter, das ist gut.
Wir packen alles aus und verteilen es, wir essen und nichts sonst.
So könnte es sein. So hätte es die ganze Zeit sein sollen. Wir wiegen uns in Sicherheit und schwelgen in Erinnerungen. Weißt du noch in der Fünften? Weißt du noch, der komische Physiklehrer, den es damals gab? Weißt du noch auf der Skifreizeit? Oder der eine, der nach der sechsten Klasse schon wieder abgegangen ist, der immer diese wahnsinnigen Geschichten geschrieben hat?
Wir wissen noch und kramen alte Geschichten aus. Aus den Köpfen nur, kein Beweismaterial.
Dazu Brot, Käse, Obst.
So hätte es die ganze Zeit sein können, summt der Wind.
Dann sind wir still.
Wir kühlen ab im Schatten der Bäume, ein paar gehen zum Fluss, ziehen Schuhe aus und steigen rein. So kalt. Kommt mal, das ist so kalt.
Wir waren kein einziges Mal schwimmen, denken wir. Sagen wir. Wir haben unsere Schwimmsachen inzwischen nicht mal mehr dabei. Wir denken, dass wir morgen heimfahren, wie neidisch die anderen waren, weil wir doch so nah ans Meer fahren, weil wir fast Urlaub machen, während sie nur nach Bonn oder in die Heide oder jedenfalls nicht ans Meer gefahren sind.
Und wir waren nicht mal am Meer. Und jetzt auch nur am Fluss. Aber immerhin.

In welche Richtung liegt das Meer, fragen wir in Richtung Erwachsene. Arme werden gestreckt, um Zeigefinger erweitert, Kompassnadeln, die sich nach Süden ausrichten. Da lang. Oder da?

»Ist doch egal«, sagt einer. Da fahren wir ja eh nicht mehr hin.

»Habt ihr euch denn schon Gedanken wegen heute Abend gemacht?«, fragt da der Utz und läuft auf uns zu, die Hände jetzt in den Taschen.

Wir zucken mit den Schultern.

»Gedanken?«

»Ja, das ist ja ein bunter Abend, da sollte jeder von euch was beitragen.«

Wir schauen uns an und wussten das nicht.

Jeder?

»Was habt ihr denn gedacht, was da passiert?« Er schaut uns an.

Zeigt dann auf jemanden, sagt: »Du, organisier das mal.«

Zwei fühlen sich angesprochen, »Ich?«

Keiner will.

Utz sagt, was er sich vorstellt. Lieder, die gesungen werden. Sketche. So was. Vielleicht eine Rallye?

»Wer hat noch Ideen?«

»Grillen?«

Utz dreht sich zur Kaiserin. War Grillen geplant? Kann man das noch organisieren?

»Wann sollen wir denn jetzt noch einen Sketch schreiben und einüben?«, raunt es.

Im Bus, sagt er. Jetzt zum Beispiel.

Keine Lust.

Nein.

Sagt keiner, sagen aber unsere Gesichter, unser Schweigen. Wie wir die Blicke der anderen suchen, die Augen verdrehen.

»Können wir nicht einfach mal nichts machen? Sitzen, Musik hören und essen und reden?«, fragt Sofia. Sie ist aufgestanden.

Die Letzten steigen aus dem Wasser.

Nein. Sagt er.

Dann dreht er sich um, sagt, dass die Mittagspause nun auch um ist, los, packt mal zusammen.

Nasse Füße schieben sich in trockene Schuhe. Sitzende stehen auf, Stehende gehen los.

Der Bus, wir steigen ein, Abfahrt.

Uns fallen keine Sketche ein. So was haben wir das letzte Mal in der siebten Klasse gemacht, oder? Wenn überhaupt. Wir wollen kein Theaterstück schreiben. Kein Lied umdichten. Welches denn überhaupt?

Unsere Köpfe sind leer, schwanken mit dem Schaukeln des Busses.

Wir schauen raus und finden auch da keine Ideen.

Ihr habt eine Dreiviertelstunde lang Zeit gehabt, wird er sagen, so lang fahren wir bis zum Museum, fast länger, weil wir an einer Baustelle festhängen, fast denken wir, wir kommen wieder zu spät. Ihr könnt mir nicht sagen, dass euch rein gar nichts eingefallen ist.

Und dass wir faul sind. Antihaltung. Er kann uns keinen Enthusiasmus diktieren. Wir schauen weiter raus. Sonnenblumenfelder.

Er guckt nach hinten. Steht in seiner Reihe, ein Knie auf

seinem Platz, ein Arm auf seiner Rückenlehne, schaut nach hinten, ob was passiert.
Es passiert nichts.
Lethargie.
Komm, nur noch ein Stopp, und dann war's das. Nur noch ein Referat, und dann sind wir durch.
Morgen fahren wir ja wieder heim.
Heute noch einmal Stunk, weil wir nichts vorbereitet haben, dann gehen wir halt früh ins Bett, dann ist das halt so. Nur noch eine Woche Schule. Danach können wir richtig bunte Abende haben.
Und vielleicht ans Meer fahren.
Vielleicht hat der Mann Angst vorm Wasser, munkelt eine.
Wir überlegen, ob wir ihn in der Nähe vom Wasser gesehen haben. Das gibt es noch, Menschen, die nicht schwimmen können?
Wieder wird ein Müllbeutel durch die Reihen gereicht, automatisch befüllt, weitergegeben, Routine.
»HA!«, schreit da Keller, dass alle nach vorne gucken, er dreht die Musik auf, und irgendwann verstehen wir, weil »Flieger, grüß mir die Sonne« läuft, Keller singt laut mit und wir sind auf dem Weg zum Flugzeugmuseum. Timing.
Immer wieder schaut Keller in den Rückspiegel.
Wir denken über eine Playlist nach, Flugzeuge, fliegen.
Zu Hause dann, sagen wir.
Gibt es doch bestimmt schon, sagt jemand.
Na und? Unsere gibt es noch nicht.
Wir kommen an und steigen aus.
Oh, sagt eine.
Ist das alles?, fragt einer.

Wir schauen zu den Referenten, Marlene guckt zu Ole, der zuckt auch nur mit den Schultern.
»Was ist denn?«, fragt Utz.
Irgendwie hatten wir uns das anders vorgestellt, denken wir.
Das alles. Aber jetzt vor allem das hier.
Wir sehen eine Halle, ein Hallchen, kein Mensch da, keine Information, kein Verkauf von Eintrittskarten, kein Museumsshop, »Ist das überhaupt das Museum?«
»Sind wir hier richtig?«
»Hallo?«, ruft Utz und geht auf die Halle zu, ruft es rein, keine Antwort.
»Das hallt«, sagt einer und lacht.
»Haha«, sagt ein anderer.
»Hallo!!!«, ruft Utz und verschwindet in der Halle.
Wir schauen in den Himmel und fragen uns, ob es wohl bald gewittert oder ob wir uns das nur einbilden oder herbeiwünschen.
»Wenn es regnet, kann man keinen bunten Abend machen.«
»Den kann man auch drinnen machen.«
»Wenigstens keine Rallye.«
»Was soll das überhaupt sein?«
»So was wie Schnitzeljagd.«
»Ah.«
Jemand kommt langsam herbei, von irgendwo hinter der Halle. Wir fragen uns, was da wohl liegt. Der Mann schlurft herbei, nur die Ruhe, schaut einmal in Richtung Halle, wo Utz noch nach ihm ruft, und bleibt zwischen Utz und uns stehen.

Die Kaiserin ruft Utz, geht auf den Mann zu, schüttelt ihm die Hand.
Mit Händen und Füßen und sehr wenigen Worten, mit viel Kopfgeschüttel, zwei Mal Nicken, dann Gesten, da lang, dann ein Blick zur Armbanduhr, dann winkt er uns und geht, auf Wiedersehn, vielleicht, vielleicht auch nicht.
»Das war wohl nicht der Verantwortliche«, sagt Marlene.
Marlene und Ole schauen sich um und fangen irgendwann an zu lachen.
Die Halle. Das Museum. Ein Raum. An den Wänden ein paar Bilder, gerahmte Ausdrucke und Kopien ohne Zusammenhang.
Wir dachten, hier stünden Flugzeuge. Echte. Aus unterschiedlichen Aeras. Aero-Aera.
Die Flugzeuge, die hier stehen, stehen in den Vitrinen an den Wänden unter den Fotos.
Handgroß.
»Pittoresk«, sagt die Kaiserin.
Wir quetschen uns um die wenigen Modelle. »Hätt ich das gewusst, hätten wir uns auch die Modelle von meinem Vater anschauen können«, sagt eine. »Der hat auch mehr.«
Die Texte können wir nicht lesen.
Marlene und Ole erklären, welche Flugzeuge warum hier stehen. Wenn sie hier stehen würden. Was sie berühmt macht.
Wir sind einer Fehlinformation aufgesessen.
Ist doch nicht schlimm.
Wir fragen uns, wer die Idee hatte, hierherzufahren, und wissen es doch eh.
»Do not touch!«, sagt einer.

Dann sind wir durch und fertig und stehen da wie bestellt und nicht abgeholt. Utz sagt, dass er jetzt nach einem Verantwortlichen sucht, weil er es wohl nicht mehr sein will, verantwortlich, weder für uns noch die Situation, noch dafür, dass das hier kein Museum ist. Die Kaiserin geht ihm hinterher.
Sagt einer, dass er es bis heute nicht verstanden hat, warum Flugzeuge überhaupt fliegen. Und sagt es zu laut.
Da leuchtet Ole auf. Und erklärt mal eben Aerodynamik. Und weil er es kann, zeigt er uns, wie man einen guten Papierflieger baut. Der Utz kommt nicht wieder. Und dann zeigt uns Ole, wie man noch einen anderen Papierflieger bauen kann. Wir suchen in unseren Taschen nach Papier, wir nehmen alle Referate auseinander, auch das von Ole und Marlene, wir verteilen Blätter und knien uns auf den Boden und falten Papier auf staubigem Beton.
»Hier liegen Flyer«, sagt eine. Dass das doch naheliegt. Aus einem Flyer ein Flugzeug zu machen, fliegt beides.
Durch die Luft fliegen Basiliken, Römer, Tierwelten und Aquädukte. Geologie und Flora. So viel Geschichte und ein paar Gedichte.
Flieg, Blättchen, flieg.
Und dann ist der Utz zurück, steht da und zetert, weil er niemanden gefunden hat, bei dem er sich beschweren kann, zetert, weil da niemand war, den er anzetern konnte, also zetert er uns an und sagt, es sei nur wegen unseres kindischen Verhaltens, dass wir hier Dreck und Unordnung und Müll, und aufräumen, und wer war denn jetzt überhaupt verantwortlich für den Ablauf des Abends, und was habt ihr denn schon, ihr hättet die ganze Zeit besser nutzen können,

aber nein, ihr schmeißt hier Papier durch die Luft, was ist das überhaupt, erstens sieht er dann, dass wir unsere Referate recycelt haben, dann aber auch, dass dazwischen ein paar Broschüren des Museums sind. Dann ist es vorbei, dann ist Schluss mit lustig, aufräumen, zum Bus, und die ganze Zeit seine Stimme.

Der Keller steht da und steigt ein, als er sieht, wie wir zum Bus trotten, wic Utz auf uns einzetert, redet, was heute Abend noch, dass wir ja auch noch Küchendienst, wie er sich umdreht, fragt, wo die Kaiserin ist, noch einen Flieger erblickt, der im Wind auf dem Museumsvorplatz herumtrudelt. Und redet und hält dabei den Flieger in der Hand.

Da macht der Keller die Tür zu.

»Jetzt ist gut«, sagt er.

Die Kaiserin kommt gerade von woanders wieder her, jemandem fällt ein, dass er auch noch aufs Klo wollte, aber das sagt er jetzt nicht.

Der Utz sieht, dass die Bustür zu ist.

»Ist gut jetzt, oder?«, sagt der Keller, und weil keiner antwortet, weil aber auch keiner Nein sagt, macht er den Bus an, und der Bus nickt ihm zu.

»Ja«, sagt Keller, »ist gut jetzt«. Dann fährt er los.

Von: dr.utzh@[redacted].de
An: 10belternliste
Betr.:
Eingang: 17.07.2[redacted] 3.56 Uhr

An die Eltern der Klasse 10b,

auf unserer Klassenfahrt kam es mehrmals zu widrigem Verhalten einzelner Personen. Meinen Versuchen, die Verantwortlichen zu eruieren und für ihre Handlungen entsprechend zur Verantwortung zu ziehen, begegnete die Klasse mit Protest und einer regelrechten Antihaltung, die sich im Laufe der Reise verhärtete und nun darin resultierte, dass man mich und die Kollegin Kaiser auf der letzten Exkursion schier aussetzte. Hier wurde mit Vorsatz gehandelt, ich bin also versucht das als Mobbingakt mir gegenüber zu werten und auch als solchen zu ahnden.
Die Kollegin und ich haben es nun nach Stunden zurück zur Herberge geschafft. Von den Jugendlichen keine Spur. Auch der Busfahrer ist nicht zu erreichen, das Busunternehmen wurde kontaktiert, wie auch die hiesigen Behörden.

Angesichts des Verhaltens der gesamten Klasse 10b sehe ich mich genötigt alle Eltern sowie die Schulleitung kurzfristig zu einem *außerplanmäßigen* Elternabend am Montag nach unserer Heimkehr zu laden und das weitere Vorgehen im Fall 10b gemeinsam zu beraten.
Zum Zeitpunkt des Verfassens dieser E-Mail sind die

Jugendlichen noch immer nicht in der Jugendherberge, sollten sie bis heute Abend nicht zurück sein, werden die Kollegin und ich auf Kosten der Eltern anderweitig nach Hause reisen.

Dr. Utz

Die Bustüren sind zu. Der Bus fährt los, und als Utz das sieht, rennt er los, zum Bus, zur Tür, hinter ihm die Kaiserin, die einfach nur stehen bleibt und schaut, was passiert. Verwundert.

Der Utz rennt über den Schotter auf dem Museumsvorplatz, der einfach nur ein Platz ist, ein Schotterplatz, rennt und rutscht, und als er den Bus endlich erreicht, sind die Türen immer noch zu und bleiben es auch. Nichts, woran er sich festhalten kann, keine Klinke, die er drücken kann, er rutscht am Bus ab, trudelt und taumelt und fällt und schlägt sich dabei mit der eigenen Faust aufs Auge.

Der Bus nimmt an Fahrt auf. Die Schüler schauen raus, wie sich ihr Lehrer das Auge hält, den anderen Arm hebt, fragen sich, wo inzwischen der Papierflieger ist, den er eben noch in der Hand hielt.

Der Busfahrer fährt und keiner sagt was, er fährt, bis er nicht mehr in Sichtweite der Lehrer ist, fährt noch ein paar Minuten weiter, dann hält er und dreht sich um.

Dann stellt er den Bus aus, steht auf und schaut die Schüler an.

»Alles in Ordnung?«, fragt er.

Ist alles in Ordnung?, fragen sich ein paar und ein paar denken gleich Ja, ein paar Nein, ein paar Keine Ahnung.

»Wir können wieder zurückfahren, wenn ihr das wollt. Aber ich überlasse das jetzt euch. Was wir weiter tun.«

Keiner sagt was.

»Beratet euch erst mal. Ich geh mal rauchen.«

Er macht die Tür auf, steigt aus und steckt sich eine Zigarette an. Der Himmel draußen kann sich nicht entscheiden. Es ist warm, der Wind hat sich gelegt und es wird nun doch nicht gewittern, denkt Keller. Dann denkt er an seine Frau, die wird er später anrufen und ihr erzählen, was passiert ist, dann wird er ihr sagen, dass sie auch mal wieder in den Urlaub fahren sollten. Jetzt, wo die Kinder aus dem Haus sind und selbst Kinder haben, dass sie sich mal freinehmen, lange, und dann einfach losfahren. Er denkt, er würde ihr gerne seine Lieblingsplätze zeigen, die er sich auf jeder Reise gemerkt hat. Alle. Die Küste Europas entlang, bis es zu kalt wird, um im Meer zu baden. Dann langsam zurück nach Norden. Er nickt sich selbst zu.

Sofia steigt aus.

»Wie viele Kilometer haben wir denn noch frei ohne Heimweg?«, fragt sie.

»Genug«, sagt er.

Sofia will fragen, was genau er meint, aber dann lächelt sie.

»Wir würden gerne ans Meer fahren«, sagt sie.

Keller nickt. »Dann steig mal ein.«

Als er im Bus ist, sieht er auch die anderen lächeln.

»Alles in Ordnung?«, fragt er noch einmal und diesmal nicken sie.

Er setzt sich, startet den Bus und macht die Musik an.

Dann fährt er los.

Lächeln, sich gegenseitig in die Rippen stoßen, anfangen zu kichern.

»Abenteuer«, sagt eine.

Mit der Musik mitwippen, vielleicht sogar singen.

Einfach kein schlechtes Gewissen haben, sich keine Gedanken machen, welche Konsequenzen das nach sich zieht. Jetzt nicht.

Eskapismus hey hey!
»Hey ho, let's go«, singen da die Ramones. Die magische Playlist.
Und als sie ankommen, als sie so bald ankommen, begreifen sie, wie nah das Meer die ganze Zeit war. Nicht ärgern. Nicht jetzt. Sie steigen aus dem Bus, der Weg wird bald zu Sand, wird Strand, sie werfen ihre Sachen auf einen Haufen und ziehen sich bis auf die Unterwäsche aus. Ein paar rennen, ein paar lassen sich Zeit, ein paar schreien. Das Wasser ist nicht zu kalt, nicht so warm, es ist, wie es sein soll, es ist nass und spritzt und rauscht und macht Wellen. Sie springen, sie lassen sich treiben, sie stehen da und schauen nur zum Horizont, sie lassen sich fallen, sie schwimmen los. Noch steht die Sonne am Himmel, es ist später Nachmittag. Bald leert sich der Strand, aber sie bleiben und spielen im Meer.
Und als sie fertig sind, steigen sie aus dem Wasser und setzen sich in den Sand, trocknen in der Sonne, die langsam zum Horizont rutscht. Dann sind alle fast trocken, ziehen sich wieder an, haben alle Hunger. Da ist eine Pizzeria am Strand, da setzen sie sich hin und schauen der Sonne zu, wie sie langsam rot wird. Sie essen, sie trinken.
Am Strand steht der Keller und telefoniert mit seiner Frau, sagt ihr, dass er morgen ja wiederkommt, erzählt ihr vom Meer und was er mit ihr vorhat. Sie fragt nach der Klasse. Gute Kinder, sagt er, und zu Hause lächelt sie. Bis morgen.
Die guten Kinder schauen ihn an, als er vom Strand kommt, warten, dass er sagt, dass es nun Zeit ist.
Die Stadt hat Geburtstag, sagt er, dass das heute gefeiert wird, ein Fest, Buden, Musik, Feuerwerk irgendwann. Er

geht mit ihnen ins Zentrum, zeigt ihnen eine Weinstube, sagt, da wartet er, wenn er muss, die ganze Nacht. Er gibt allen seine Nummer, dann setzt er sich, bestellt sich Wasser und Kaffee und zieht aus seiner Hosentasche den Rest der Tageszeitung, den er noch nicht gelesen hat.

Guten Abend, gute Nacht. Ein Sprachbrei und Gewimmel und alles lächelt. Sie bleiben beisammen, das ist nicht mal abgemacht, 28 bleiben zusammen, zeigen sich, was sie entdecken, da, schau mal, kaufen sich Andenken, Schmuck, T-Shirts, Tassen, was es so gibt, halten sich an den Händen, im Arm, am kleinen Finger, im Blick. Überall ist Musik, sie gehen von Lied zu Lied zu Lied, bleiben manchmal stehen und hören zu, unterhalten sich mit anderen, aus England, aus Israel, Kanada, Georgien, Neuseeland. Alle hier. Sie gehen weiter und suchen sich einen Platz, teilen süße Nüsse, Käse, Brot, Wasser und Pfirsiche. Sitzen auf einer Mauer und warten, bis die Menge gemeinsam nach oben schaut, bis es knallt, bunt wird, aaaah, sagen alle, und sie lachen, und mehr Himmelsmalerei, falsche Sterne und Kometen, lang geht das, danach geht die Musik weiter.

Es ist eine der Nächte, in denen man nicht müde wird, in denen die Zeit einfach nur ist und nicht vergeht, in denen man manchmal auf die Uhr schaut und sich wundert, was, schon so spät? Und der Keller sitzt bei einem weiteren Kaffee im Lokal und spielt mit dem gegenüber Schach.

Auf einem Platz spielt eine Band und alle tanzen, tanzen Paartanz oder einfach so, manche müssen erst mutig werden, andere schauen zu, aber man tanzt, und tanzt mit fremden Menschen. Die Musik spielt weiter.

Und als die Musik dann doch vorbei ist, stehen sie vor dem

Lokal, der Keller bezahlt, steht auf und schüttelt seinem Schachpartner die Hand.
Sie gehen zum Bus, die Stadt leert sich, Menschen gehen nach Hause, auf dem Parkplatz fahren auch andere Wagen los, gehen Scheinwerfer an, nach Haus, nach Haus, sie steigen ein und reiben sich die Augen, ich will noch nicht gehen, aber sie setzen sich und mischen sich neu, und reden miteinander. Der Keller macht die Musik an, und kann noch fahren. Die paar Kilometer. Am Horizont wird es heller.
Irgendwann tauchen auf den Schildern bekannte Namen auf. Es wird still im Bus. Schlafen kann noch keiner.
Der Keller nimmt ohne Erklärung eine Abfahrt, die er sonst nicht genommen hat.
Pinien, die Straße steigt an, sie werden in die Rücklehnen gedrückt, Serpentinen, und dann hält er.
Schenkt ihnen noch einen Ort.
Da, sagt er und zeigt, eine Ruine, darunter die Pinien, weiter weg die Herberge.
Und da wird der Himmel rosa.
Sie setzen sich, stellen sich, richten sich aus nach Osten und ein paar fangen an zu singen. Kichern, weil sie den Text vergessen haben, aber einer kennt ihn und singt, und die anderen hören einfach nur zu.
Einer zieht noch ein paar Papierflieger aus der Tasche und gibt sie weiter. Als die Sonne aufgeht, lassen sie sie fliegen und schauen zu, wie weit sie kommen.

»Es ist Zeit«, sagt der Keller.

Sonntag, 17. 07.

7.00 Uhr: Frühstück

8.30 Uhr: Abfahrt

ca. 19.00 Uhr: Ankunft an der Bushaltestelle **VOR** der Schule

Er muss uns gehört haben, den Bus, wie die Räder über den steinigen Weg geknirscht sind. Die anderen Gruppen schlafen bestimmt noch.

Schluss mit lustig.

Er muss uns also gehört haben und steht da, die Hände in die Seiten gestemmt wartet er auf uns, bis der Bus hält, der Motor ausgeht, Tür auf.

Einmal tief Luft holen, dann raus.

Vorbei an ihm, alle, alle in ihre Zimmer, alle fangen an zu packen, als würde er nicht da stehen und auf uns einreden, wo wir waren, dass das Konsequenzen hat, rennt ins nächste Zimmer, da dasselbe, selbe Musik, ähnlicher Text, dass die Eltern schon Bescheid wüssten, dass das Folgen hätte, schließlich hätte er die Aufsichtspflicht, und dann fällt ihm der Keller ein, der auch in seinem Zimmer steht und nachdenkt.

Der Keller zählt die Stunden und denkt nach.

Dann ruft er seinen Chef an und berät sich. Als der Utz vor seiner Tür steht, schließt er sie einfach.

Der Utz steht draußen, ruft aber, dass Keller sich auf was gefasst machen muss, weil er ja grob fahrlässig und wasauchimmer, das Wort »Kidnapping« fällt.

Wir schauen uns an. Tun so, als hätten wir einen Plan. Eine Haltung.

Die Taschen sind gepackt. Die Stuben durchgefegt, Müll entsorgt.
Schauen auf die Uhr, es ist Zeit zu frühstücken.
Wir haben den Küchendienst verpasst, das ist jetzt nun mal so.
Wir gehen in den Speisesaal, und Maria kommt aus der Küche, redet auf uns ein, und wir verstehen, dass sie sich Sorgen gemacht hat, wir verstehen, dass sie jetzt erleichtert ist, wir verstehen das alles, dabei spricht sie weder Deutsch noch Englisch.
Sie rennt in die Küche, ruft jemanden, dann kommt sie raus und gibt uns allen ein Geschenk, was Kleines, ein Bonbon, aber es ist viel, weil sie jedem eines gibt und allen einzeln Auf Wiedersehen sagt.
Wir fragen uns, ob wir wohl jemals wieder hierherkommen werden.
Wir sagen: Ja klar, das nehmen wir uns vor. Wir denken: Wahrscheinlich nie wieder.
Die Kaiserin kommt in den Speisesaal und schaut uns mit großen Augen an. Müde sieht sie aus.
Luft holen.
Nichts sagen.
Nur
»Guten Morgen«
und ja, unsere Taschen und Koffer sind gepackt.
Und ja, alle sind zurück. Alle.
Ja, wir sind abfahrbereit.
Ja, wir haben uns auch Proviant eingepackt.
Sie steht da und denkt nach. Dann nickt sie. Gut. Und geht und kümmert sich um ihr eigenes Gepäck.

Wir essen auf, wir räumen ab, wir gehen noch mal durch die Zimmer, dann stapeln wir unsere Taschen beim Bus. Wir geben die Zimmerschlüssel ab.
Der Rezeptionist schaut uns verwundert an.
Dann kommt die Kaiserin, scheucht uns raus, jaja, sie kümmert sich.
Wir sitzen draußen auf Taschen, wir stehen, wir ziehen mit Schuhspitzen Muster in den Dreck. Wir warten. Wir warten ab.
Unsere Eltern. Davon können wir ausgehen. Schulleitung hat er fallen lassen. Was meint er mit Konsequenzen?
Abwarten.
Ja. Nur ruhig Blut.
Der Keller kommt raus und grinst uns an. Schaut auf die Uhr, »Ist ja noch Zeit«, sagt er und macht schon mal die Klappen unten am Bus auf, damit wir einladen können.
Er raucht eine. Seelenruhe.
Kein Wort.
Wir sind übermüdet. Wir sind aufgekratzt. Bleiern. Kurz vorm Schlaf. Kichrig und weinerlich.
Die Kaiserin kommt, schaut zu, wie wir unsere Sachen reinwerfen, sagt, wer jetzt noch mal aufs Klo muss, sollte das tun, verstaut ihren Koffer im Busbauch, schaut den Keller an, wie er dasteht.
Er grüßt sie wortlos.
Sie schaut sich um. Dann kommt Utz, zerrt seinen Koffer zum Bus, stellt unnötige Fragen, die allesamt die Kaiserin beantwortet. Ja, die Zimmer wurden inspiziert, ja, alles in Ordnung, ja, alle ausgecheckt, ja, alle vollzählig, aber jetzt noch mal aufm Klo.

Er schickt sich an, alle zusammenzutrommeln, das wird kein Gruppenfoto, bloß noch mal einen Anschiss vor versammelter Mannschaft.
Da hört doch eh keiner zu, keiner hin, keiner drauf. Weiß auch die Kaiserin, aber sie sagt es netter. Nicht jetzt. Das bringt doch nichts.
Die Letzten kommen zurück, durchzählen, alle da, alle einsteigen.
Und dann geht es los. Der Bus an, Musik an, Türen zu, gewendet und dann zurückschauen. Tschüs.
Und dann fahren wir zum letzten Mal den Weg hier lang, der zur Straße wird, die zur Bundesstraße wird.
Leise ist es im Bus. Nur die Musik und der Motor und das Gedankenbrummen und das Summen der Müdigkeit, und ein paar lehnen schon die Stirn an die Scheibe und rücken sich ein Kissen zurecht. Einer war clever und hat eine Schlafmaske dabei, ein paar improvisieren mit Bandanas.
Und dann halten wir.
Warum halten wir?
Wir stehen vor einem Bahnhof.
»Was ist hier los?«, von Utz, laut, na klar, aufgebracht, logisch.
Der Keller parkt, stellt den Bus wieder aus, macht die Tür auf und sieht sich um, dann winkt er.
Utz springt auf, rennt nach vorne, da sagt der Keller schon, dass er seine Ruhezeit einzuhalten hat, aber jetzt ein Kollege einspringt, sie tauschen, der fährt uns nun zurück, während Keller eine andere Gruppe heute Abend nach Hause fährt.
So die Regeln.

Der Keller legt zwei Finger an die Stirn und schaut in den Bus.
Dann steigt er aus. Redet mit dem da draußen, sehen wir durch die Busfenster, er guckt noch mal über seine Schulter und grinst uns an.
Dann geht er. Verschwindet im Bahnhof.
Der andere steigt ein, sagt, wie er heißt, und wir vergessen es sofort, aber er lässt die Musik laufen und den Bus an und fährt los.
Der Utz setzt sich wieder.
Irgendwann schlafen die Ersten ein.
Irgendwann die Nächsten, auch wenn es schon hell ist, Tag.
Wir haben 24 Stunden und länger nicht geschlafen.
Das sieht wohl auch der Utz ein, dass er uns jetzt schlafen lassen sollte.
So ruhig ist das, so ruhig waren wir sonst nie.
So müde waren wir sonst auch nicht.
Also schlafen wir ein bisschen. Oder dösen. Zwischendrin wachen wir auf, weil uns was blendet, weil der Bus plötzlich bremst oder weil uns ein Fuß einschläft. Dann blinzeln wir, wo sind wir, sind wir bald da? Dann trinken wir was gegen den Schlafpelz im Mund.
So geht das vielleicht Stunden. Vielleicht auch nicht.
Irgendwann werden alle wach, weil der Bus hält, weil jemand laut »RAST!« sagt. Das heißt, dass alle aussteigen, sich die Augen reiben. Wir gucken uns um, wo sind wir, in welchem Land? Wir gehen aufs Klo und ein paar treten ein Steinchen hin und her, essen, trinken.
Verstohlene Blicke zu Utz.
Sein Schweigen.

Wir schauen auf die Uhren, sehen irgendwo Städtenamen mit Kilometeranzeigen. Im Dreisatz errechnen wir die Ankunftszeit. Nicht bald. Es ist gerade mal Mittag.
Also zurück in den Bus, ein bisschen gegessen, ein bisschen getrunken. Zusammen aus dem Fenster geschaut und nichts gesehen, worüber man sich unterhalten könnte, statt sich darüber zu unterhalten, was uns zu Hause blüht.
Wir schauen einander an, verstohlen, verhohlen. Fragen wird es geben. Was ist eigentlich genau passiert.
Wir wissen nicht, was der Utz weitergegeben hat. Können uns den Ton aber ausmalen.
Wir sollten uns absprechen, sagt einer.
Ja.
Was ist passiert?
Wir könnten uns eine Version der Wahrheit ausdenken, die uns besser dastehen lässt. Und den Keller vielleicht auch. Dass Utz plötzlich weg war und unauffindbar, dass man die ganze Zeit nach ihm gefahndet hätte, in Sorge und so gänzlich ohne Beaufsichtigung. Aber wo wäre die Kaiserin in dem Szenario? Würde die mitspielen? Man müsste sie einweihen, und … nein.
Wir könnten sagen, wir wären entführt worden. Nein, der Keller. Wir haben ihn entführt? Wir hätten uns verfahren. Könnten sagen, wir hätten allesamt Amnesie. Wären von Aliens entführt worden und erst bei Morgengrauen wieder auf der Erde ausgesetzt worden. Ein Trauma.
Wir könnten sagen, dass der Utz lügt. Dass er sich das einbildet. Dass alles, was er von sich gibt, erstunken und erlogen ist, dass er unter Wahnvorstellungen leidet. Weil wir ihn in den Wahnsinn getrieben haben. Krass. Nein.

Oder wir sagen gar nichts.
Oder wir sagen alles.
Dann schauen wir wieder aus den Fenstern und wissen nicht weiter.
Ein paar schlafen wieder ein, ein paar machen sich Sorgen, ein paar nicht.
Wir stehen im Stau, wir stehen an Baustellen, an Mautstellen, wir halten wieder und gehen aufs Klo und kaufen weiter Proviant ein, weil uns nichts anderes einfällt, wir telefonieren heimlich.
Wir haben keine Ahnung.
Wer will was? Wer hat Angst wovor?
Die Lehrer stehen am Bus und schauen zu uns rüber.
Fronten.
Worst-Case-Szenarien. Dass man von der Schule geschmissen werden könnte.
Alle? Sie können nicht alle, eine ganze Klasse, das geht nicht.
Strafe zahlen?
Wofür?
Die Zehnte noch mal machen?
Nein. Mit den Noten hat das nichts zu tun.
Aber was, wenn der uns anzeigt?
Wir schauen zu Utz.
Was, wenn der uns anzeigt. Alle. Und wegen was?
Wir zucken mit den Schultern. Keine Ahnung. Hat denn hier niemand Juristeneltern?
Wieder einsteigen.
Ein paar zerbrechen sich den Kopf.
Bisher hat er nichts, kann er uns nichts.

Oder kann er?
Ein Wort, vielleicht zwei stehen gegen 28.
Ich bin so müde.
Ich auch.
Jemand hat Cola gekauft und reicht sie weiter.
Das hilft jetzt auch nichts mehr.
Wir schauen auf die Zeit, wir schauen auf die Schilder am Rande der Autobahnen, auf die Kilometeranzeigen neben den Städtenamen, die weniger und weniger werden.
Wir sind gut in der Zeit.
Alle für alle, sagt dann jemand, leise.
Ja. Nicken.
Alle für alle. Egal was passiert. Kein Meter. Nicht für den.
Die Kaiserin kommt nach hinten. Sagt, dass es nicht mehr lange dauert. Fragt, ob es allen gut geht.
Und dann fragt sie, was denn eigentlich aus dem Protokoll der Fahrt geworden ist. Wer das denn hat?
Keinen Meter.
Alle zucken mit den Schultern.
Ist wohl weg, sagt jemand.
Dann ist das wohl weg, sagt sie.

Dann werden die Kilometerzahlen zweistellig. Dann fahren wir von der Autobahn ab. Dann räumen wir ein letztes Mal den Bus auf. Dann packen wir und erkennen draußen unser Zuhause. Dann sehen wir die Schule. Die Eltern. Dann ihre Gesichter.
»Willkommen daheim«, sagt einer.

»Siehste, die sind doch nicht von der Schule geflogen.«
»War das schon, der Elternabend, war der schon?«
»Gestern, glaub ich.«
»Ja, war gestern.«
»Und was ist jetzt passiert?«
»Auf dem Elternabend?«
»Ja, und auf der Fahrt. Und überhaupt.«
»Weiß nicht. Hab nichts gehört.«
»Die erzählen auch gar nichts.«
»Wen hast du denn gefragt?«
»Karim und Jamie und Anna. Sagt keiner was.«
»Ich hab auch welche gefragt. Nix.«
»Die haben auch auf dem Elternabend nichts gesagt.«
»Woher weißt'n du das?«
»Ich war dabei. Bin doch Mittelstufensprecher.«
»Und das sagst du erst jetzt? Jetzt erzähl doch mal.«
»Ey, es hat schon geklingelt, wir sollten vielleicht langsam mal reingehen.«
»Ach was, interessiert doch eh niemanden mehr, ist doch eh letzte Woche!«
»Da gibt's nicht viel zu erzählen. Sind sich alle ins Wort gefallen, keiner hat keinem zugehört, ganz viele haben nur dagesessen und auf ihre Handys geguckt oder miteinander geredet. Und das waren nur die Erwachsenen.«
»Und wer war aus der Klasse da? Alle?«
»Nee, nur die Klassensprecher. Katinka und Milan. Aber auch nur, weil sie mussten, glaub ich.«
»Die anderen waren am Hafen. Alle.«
»Quatsch.«
»Doch. Haben dagesessen und nichts gesagt. Ich hab mal

gehalten, weil ich Piet noch was geben musste, aber ich bin dann wieder weg, so nach zehn Minuten, weil echt keiner einen Ton gesagt hat.«

»Schräg.«

»Jedenfalls war keiner im Gefängnis und es gab wohl keine Brandstiftung.«

»Siehste, hab ich doch gesagt.«

»Und der Utz hat wohl eine Mail geschrieben, aber die hab ich nicht lesen dürfen, weil die laut Schulleitung eh nicht abgenickt war, irgendwas von wegen Amtsweg oder so, jedenfalls hätte der Utz nicht einfach selbst so einen Elternabend einberufen dürfen.«

»Aber darum geht's doch gar nicht. Was ist denn jetzt passiert?«

»Die sind wohl abgehauen am letzten Abend. Mit dem Bus. Und dem Fahrer.«

»Wie jetzt?«

»Das ist echt alles, was ich weiß. Die haben den Utz und die Kaiserin wohl irgendwo stehen lassen und sind erst am nächsten Morgen wieder aufgetaucht.«

»Verfeiert.«

»Glaub ich nicht.«

»Mit dem Busfahrer?«

»Jawoll.«

»Darf der das?«

»Bestimmt nicht.«

»Die Eltern wollten wohl alle nur wissen, ob das jetzt irgendwelche Folgen vonseiten der Schule hätte.«

»Und?«

»Der Utz hat gezetert, der hat echt Sachen vom Stapel

gelassen! Kidnapping, Mobbing, Disziplinarausschuss, Verweise, was weiß ich. Irgendwann hat der Direx ihm gesagt, dass jetzt gut ist. Ich glaub, dem ging es eher darum, ob die Eltern jetzt klagen. Gegen die Schule. Oder die Busfirma. Oder den Utz.«

»Ey, können wir jetzt mal reingehen?«

»Warum denn den Utz verklagen?«

»Der hat doch Aufsichtspflicht. Wenn denen was passiert wäre, wäre der dran schuld gewesen.«

»Auch wenn die abhauen?«

»Klar.«

»Nee! Der hat die Aufsichtspflicht ja nicht verletzt! Also nicht absichtlich.«

»Ist denn was passiert? Hat was gebrannt?«

»Nee.«

»Und jetzt?«

»Ja, wird geklagt?«

»Nee.«

»Nicht mal der Utz?«

»Das war echt schräg. Also der Direktor hat auf die Eltern eingeredet, und die Eltern auf Utz und den Direx und auf die Klassensprecher, und der Vertrauenslehrer war da, aber der hat auch nur mit dem Kopf geschüttelt, und keiner wusste, was Sache ist, und dann meinte noch jemand, dass man ja die Busfirma auch hätte einladen müssen, und dann dachte ich schon, dass es bestimmt noch einen Elternabend gibt, dass das nie ein Ende nimmt. Und zwischendrin immer wieder »sagt ihr doch mal was dazu« zu den Klassensprechern, aber die hätten auch gar nicht da sein müssen. Die haben wohl alle zusammen schriftlich eine Erklärung abgegeben, dass ihnen nichts passiert ist. Dass sie nicht gezwungen wurden, dass auch nichts Illegales passiert ist oder so, aber mehr auch nicht. Und dass sie nicht mehr zu sagen haben. Keiner von denen. Ich glaub, wichtig war nur, dass alle unterschrieben haben. Also die ganze Klasse, ohne Ausnahme.«

»Und dann?«

»Das ging ewig hin und her. Und irgendwann sollte die Kaiserin was sagen, aber die meinte auch nur, dass sie am liebsten gar nicht mehr über die Fahrt reden wollte, und dann sind alle erst recht hellhörig geworden. Die meinte, da wäre viel schiefgelaufen. Und dann hat sie den Utz so richtig auffällig angeschaut, aber ich glaub, der hat das gar nicht gecheckt, dabei hat sie gesagt, dass AUF BEIDEN SEITEN viel schiefgelaufen ist. Und dann meinte jemand, da müsste man jetzt vermitteln zwischen Schülern und Lehrern, und eine ist wohl auch Mediatorin oder so.«

»Was'n das?«

»Vermittler. Streitschlichter. So was.«

»Ich geh jetzt rein.«

»Ja, mach, viel Spaß.«

»Jedenfalls meinten die Eltern irgendwann, dass sie nicht klagen, wenn die Schule auch nicht klagt. Und der Direx war wohl froh, und alle anderen auch. Dann fing der Utz wieder an mit Konsequenzen und Strafen, aber da ist die Kaiserin richtig ausgetickt.«

»DIE?!«

»Total. Ist laut geworden und hat gesagt, dass jetzt gut sei mit Sanktionen und Strafen. Die war echt wütend. Der Utz hat dann die Klappe gehalten.«

»Und das war's?«
»So ziemlich.«
»Und jetzt?«
»Nichts.«
»Wir sollten mal reingehen.«
»Ja gleich.«
»Der Utz hat sich krankgemeldet.«
»Mal schauen, ob der nach den Ferien noch mal auftaucht.«
»Ich glaub's ja nicht. Das hat den fertiggemacht. Der braucht doch nur einen Grund, um in Frührente zu gehen.«
»Kein Verlust.«
»Aber warum hatte der denn jetzt ein blaues Auge?«
»Hat er nicht erzählt. Scheint aber nicht Josch gewesen zu sein.«
»Und wo waren die die ganze Nacht?«
»Weiß man nicht.«
»Und wer hat das mit der Bombe erzählt?«
»Das hat bestimmt gar niemand erzählt. Das ist bestimmt irgendwann so dazuerfunden worden.«
»Stille Post.«
»Eben.«
»Wolltest du nicht schon längst im Unterricht sein? Du bist ja immer noch hier.«
»Klingelt doch eh gleich.«
»Stimmt.«
»Und sag mal, wohin sind die denn jetzt gefahren, weißt du das wenigstens? Waren die am Meer?«
»Shit. Keine Ahnung.«
»So. Es klingelt. Wir sollten jetzt reingehen.«

»Ja, sollten wir.«

»Gleich.«

»Ja. Gleich.«

NUR EIN EINZIGER TAG
UND DOCH DAS GANZE LEBEN!

Tamara Bach
VIERZEHN
Taschenbuch
112 Seiten
ISBN 978-3-551-31818-3
Auch als E-Book erhältlich

DER ERSTE SCHULTAG. Zwei Wochen vor den Sommerferien ist Beh krank geworden und konnte nicht mit den anderen in den Urlaub fahren. Als das neue Schuljahr anfängt, hat sie alle acht Wochen lang nicht gesehen. Viel ist passiert, ihre Freundinnen haben neue Leute kennengelernt und Geschichten zu erzählen. Beh dagegen war nur zu Hause. Aber eigentlich war da mehr, von dem ihre Freundinnen nichts wissen. Zu Hause liegt eine Postkarte für sie im Briefkasten, in der Stadt gibt es ein Zimmer mit blauen Wänden, da ist ein Hund, ein Mädchen mit Schwimmflügeln und lauter Orte, die Beh bis zum Abend noch fotografieren wird, weil ihnen etwas fehlt. Und als Beh am Ende des Tages ihre Zimmertür schließt, hat sie auch jemand bei ihrem vollen Namen genannt.

WWW.CARLSEN.DE

CARLSEN

Außerdem von Tamara Bach im Carlsen Verlag lieferbar:
Busfahrt mit Kuhn
Das Pferd ist ein Hund
Jetzt ist hier
Marienbilder
Marsmädchen
Mausmeer
Vierzehn
Was vom Sommer übrig ist
Wörter mit L

Umschlaggestaltung: formlabor unter Verwendung eines
Bildes von REHvolution.de / photocase.de
Einband: shutterstock.com / © Pres Panayotov
Lektorat: Katja Maatsch
Herstellung: Karen Kollmetz
Satz: Dörlemann Satz, Lemförde
ISBN: 978-3-551-58430-4
Printed in Germany